Peter Böttger

Aus abertausend

Geschichten

drei

Geschichten über drei Jungen in der Zeitenwende

1945-1947

Peter Böttger© Januar 2014

Herstellung und Verlag: BoD - Books on Demand GmbH Norderstedt

Satz und Gestaltung: Autor

Umschlagsfoto: dpa picture-alliance /RIA Novosti Foto Tihanov©

Umschlagsfoto Rückseite: Stadtarchiv Frankfurt (Oder) Walter Fricke©

ISBN 978-3-7322- 6201-4

Sie sind schwach und verletzlich.

In großer Bedrängnis aber

werden sie stark.

Zum Geleit

Siebzig Jahre sind für uns, die damals um 1945 herum Kinder und Heranwachsende waren, schnell vergangen; so scheint es uns. Viele Gedenktage an den Zweiten Weltkrieg haben wir seitdem begangen, Filme, Interviews darüber gesehen und gehört, Bücher gelesen. Jedoch die eigenen ursprünglichen Erinnerungen sind stärker im Gedächtnis verwurzelt. Wir kehren unter verschiedenartigen Stimmungen und Empfindungen im Geiste zu Orten und Menschen zurück, die damals um uns waren. Die Gesichter sind noch da, auch die meisten Namen erscheinen wieder. Namen und Orte sind verknüpft durch das erlebte Geschehen. Die Eindrücke waren stark, oft zu stark und außergewöhnlich. Bombenkrieg, Kälte und Hunger zu spüren, das Elternhaus und die Mutter oder den Vater zu verlieren, schutzlos zu sein, das alles war prägend für das Leben vieler Menschen. Aber sehr viele unter ihnen haben niemals erschöpfend, manche gar nicht, von damals erzählt. Abertausend Geschichten von Mädchen und Jungen im Krieg und Nachkrieg müssten noch niedergeschrieben werden. Ich werde nur von drei Jungen nacheinander erzählen. Schlimme Erlebnisse hatte der dritte in der Reihe auszuhalten. Es ist bekannt, dass sich alte Menschen heute noch wegen posttraumatischer Belastungen in psychologische Behandlung begeben müssen. Doch Hans-Jürgen Fritsch hat Gewalt, Trauer und Ängste bewältigt.

Dieses Buch soll an alle Kinder erinnern, die durch Krieg verletzt und geschunden worden sind oder werden.

DER AUGENBLICK

»Es war im Raum Westsachsen am 21. Februar 1944 in den frühen Morgenstunden. Da bemerkte der Captain des amerikanischen oder englischen, jedenfalls des angloamerikanischen Bombers an einer kleinen roten Lampe, dass noch etwas im Bombenschacht klemmen musste. Er schickte den Bord-Mechaniker, um nachzusehen. Richtig, meldete der, da sind noch zwei Luftminen eingehakt. Er könne die Sperre mechanisch lösen, es sei aber saukalt. Hab dich nicht so, mach das, meinte der Pilot. Natürlich hat er das auf Englisch gesagt. Nun suchte er nach einem Ziel, damit die Knalltüten zu ihrer gedachten Verwendung kommen sollten. Weit unten musste nach der Karte ein Fluss sein. An einer seiner Schleifen war eine Fabrik eingezeichnet. Es handelte sich um die Zwickauer Mulde, und die Fabrik war eine Papierfabrik. Gleich daneben befand sich eine große Weberei für Möbelstoffe, Plüsch und Teppiche. Bombenabwurf. Außer kaputten Fenstern und einigen Dachschäden keine weiteren Vorkommnisse.« Etwa in diesem Ton kommentierte mein kriegserfahrener Vater das Ereignis nachträglich. Er bezweckte damit, die Sache als harmlosen Zufall darzustellen, damit meine Mutter und ich keine Ängste aufbauen sollten.

Zur genannten Zeit saß ich mit meinen Eltern, Mietern und von Amts wegen eingewiesenen Flüchtlingen im hauseigenen Luftschutzkeller. Ob der diese amtliche Bezeichnung verdiente, ist heute zu bezweifeln. Er war wer weiß wie alt. Lange vor dem großen Stadtbrand; eine dumme Magd hatte damals verbrannten Speck heiß auf den Misthaufen gekippt; also lange vor der Katastrophe war das niedrige Gewölbe aus Bruchsteinen trocken gesetzt worden. Sein Boden lag vielleicht drei vier Meter unter der Höhe des Marktpflasters. Wenn die Mulde Hochwasser führte, trat das Grundwasser in Strahlen aus den Ritzen hervor. Wir wohnten im Haus neben der Kirche am Markt. Unsere Fleischerei war geschlossen.

In dicker Winterkleidung und mit Decken hockten wir im Gang zwischen den abschließbaren Kartoffelbuchten. Alle hatten ihre Taschen mit den Papieren und dem Nötigsten bei sich. Eine Frau, deren Mann im Krieg war, schleppte immer einen länglichen Wachstuchkoffer mit. Darin befand sich die Posaune ihres Mannes. Er ist irgendwann heim gekommen und hat noch lange tüchtig geblasen. Die schwangere Frau Porterris wurde von ihrem Mann, einem Litauischen Offizier, andauernd gestreichelt. Er sagte zu ihr: »Keejne Aangst meejn Töibchen, hier passiert nuscht«. Ich war von dem Klang des Ostpreußischen begeistert. Dieses »Nuscht«, herrlich, und das Zungen-R hörte ich so gerne. Heutzutage scheint dieser Dialekt ausgestorben, schade.

Hier unten war ich nicht gern, wegen des durchdringenden Geruchs der eingekellerten Kartoffeln, die nicht mehr alle gesund waren und zu keimen begannen. Dazu mischte sich ein wenig Petroleum-Duft. Meistens brannten aber nur zwei Kerzen, was im Ernstfalle falsch gewesen wäre, wegen des Sauerstoffs. Ihre Taschenlampen behielten die Eltern streng bei sich. Das war doch nichts zum Spielen! Wo doch die Batterien so knapp waren.

Wir wohnten in so dichter Nachbarschaft zur Kirchturm-Sirene, dass wir schon ihre tiefsten Töne hörten, wenn sie anfing, sich langsam hochzuschrauben. Ich glaube, sogar wir Kinder erhoben uns bei Alarm schon mechanisch aus den Betten und alles lief schnell aber ohne Aufregung ab. Die Mutter sagte nur leise: »Komm mein Guter, mach den Mantel zu; so jetzt können wir runter gehen«. Meistens sagte sie zu mir Peterle, und ich zu ihr Mama, weil ich noch kein Pimpf, also noch nicht 10 war. Die deutschen Jungen hatten sonst alle »Mutter« zu sagen.

Wir hatten den Fliegeralarm schon so oft ohne irgendwelche Folgen erlebt, dass er uns lediglich wie eine unliebsame Unterbrechung unserer Nachtruhe vorkam. »Hier in Lunzenau passiert nüscht«, sagte mein Vater, die Meinung des Herrn Porterris bestätigend. Für meinen Vater war die Teilnahme am Krieg vorbei, weil er sein Teil schon abbekommen hatte. Er hatte es sich aber nicht selbst genommen, er war schwerkriegsbeschädigt.

Wahrscheinlich döste ich auf meinem Hocker, an meiner Mutter lehnend. Da krachte es kurz hintereinander zweimal. Es krachte so, wie ich es noch nie krachen gehört hatte. »Ist weit weg«, sagte mein Vater. »Nee nee«, sagte Steins Max, der im ersten Weltkrieg gewesen war, »das war ganz nahe«. Zur genaueren Deutung von Nähe und Ferne hatten sie nach ihren Erfahrungen wohl unterschiedliche Auslegungen. Mein Vater war übrigens mit siebzehn Jahren auch schon an der Front gegen Frankreich gewesen; eines der deutschen Norm-Schicksale im 20. Jahrhundert.

Herr Porterris unterstützte die Ansicht meines Vaters. Seit dem Schreck wimmerten die Frauen leise. Mit dem Geräusch einer Detonation war ein Klirren zu hören gewesen. Mein Vater stapfte, als nichts weiter geschah, mühsam die steinerne Kellertreppe hoch, obwohl die Mutter bemüht war, ihn zurückzuhalten. Aber auch Herr Porterris meinte, »Fluchzöich-Jeröische« wären nicht zu hören.

Mein Vater kam zurück und sagte: »Kein Einschlag in unserer Nähe. Kein Feuer zu sehen«.

»Na Gott sei Dank«, riefen die Frauen.

Bei Frau Porterris klang das so: »Jodd seej Daank«.

Nach einiger Zeit, nicht zu lang, gab die Sirene Entwarnung.

Geordneter Abmarsch aus dem Keller.

Als unsere Vorsaaltür im Obergeschoss aufging, spürten wir einen starken Luftzug. Erschreckt rief meine Mutter: »Alles kaputt«. Sie meinte aber nur die Fenster. Vorsichtig die Scherben meidend, öffneten wir die leeren Flügel und schauten auf den Marktplatz. Die meisten Fenster sahen aus wie Öffnungen schwarzer Höhlen. Sie waren nicht mehr verglast. Die jetzt ungeschützten stumpf-schwarzen Luftschutz-Rollos schluckten jeden Rest von Licht. Aus einigen Fenstern wehten Gardinen.

Unser Blick fiel auf den Fußsteig, auf's »Driddewar« wie wir in Sachsen sagen. Mutter und Vater leuchteten mit den Taschenlampen nach unten. Dort blinkten einige Scherben unserer zwei Schaufenster auf dem Pflaster. Das meiste Glas musste demnach im Laden liegen. Jemand brüllte schallend über den großen Platz: »Taschenlampen aus«! Der Luftschutzwart hatte Recht. Es hätte ja sein können, dass noch ein Flugzeug des Feindes über uns gezogen käme. Bei Lichte war dieser Volksgenosse erkennbar an einem blaugrauen Stahlhelm und einer Armbinde mit dem Aufnäher »Luftschutz« unter dem Reichsadler.

»Hätte schlimmer kommen können«, sagte mein Vater. Er musste sich hinlegen und bekam wegen der durchlässigen Fenster noch eine Decke extra, auch eine Pudelmütze. Langsam wurde es hell und ich durfte das Haus von außen inspizieren. Alle Fenster an der Vorderseite, in den Gauben, am Giebel und im Hof, auch im Schlachthaus, waren kaputt.

Wir zerschnitten Pappkartons, suchten alte Decken herbei und mühten uns, sie mit Reißzwecken an den Fensterrahmen der Wohnung zu befestigen oder einzuklemmen. »Wir müssen gleich nach dem Frühstück mit dem Handwagen zu Brauns Pappenfabrik, vielleicht kriegen wir Pappen«, sagte meine Mutter. Für die Schaufenster hatten wir natürlich kein Material. Aber da wäre niemand eingestiegen. Es gab ja im Laden gar nichts zu essen.

Nicht lange, und es kamen von außerhalb ganz viele alte Glasermeister und Gesellen mit »hilfswilligen« Ukrainern, Belgiern und anderen »Fremdarbeitern« nach Lunzenau. Und bald war alles repariert. Ich weiß nicht mehr, ob wir darüber staunten. Aber heute tu ich das. So viel Glas hatten wir noch, hatten die Kriegswirtschafts-Leiter gehortet, oder konnte noch produziert werden? Unsere Schaufenster mussten warten. Tischlermeister Frommhold dichtete sie mit Spundbrettern ab und in jede der beiden Flächen fügte er einen kleinen Rahmen mit Guckfenster ein.

Mein Großvater Moritz Löwe baute den Laden 1910; also auch die Schaufenster stammten von dazumal. Sie wurden mithin 34 Jahre alt. Im Jahre 1946 gab es die neuen Scheiben. Jetzt sind sie fast siebzig Jahre alt. Nun denk mal, wie lange Schaufenster aushalten können, wenn keine Bomben fallen. Vor allem keine Luftminen, die zwar keine Krater hinterlassen aber eine furchtbare Druckwelle weithin senden.

Weitere »Feindeinwirkungen« hatten wir erst im April 1945 in Niederelsdorf zu verzeichnen. Das liegt westlich keinen Kilometer vor der Stadtgrenze. Durch Bomben kamen acht Menschen ums Leben, alle Zivilisten, wohlgemerkt in einem friedlichen Bauerndorf ohne militärische Bedeutung! Militärische Strategie konnte kaum dahinterstecken.

Im zeitigen Frühjahr 1945 wurde ein Bomber abgeschossen und stürzte etwa vier Kilometer östlich von unserem Stadtkern entfernt, oberhalb des Tales auf freies Feld. Es wäre die Heiersdorfer Flur, sagte jemand. Für uns Jungen war klar, da muss man hin.

Mein Vater verbot mir mehrmals eindringlich, die Stadtgrenze für die Besichtigung zu überschreiten. Da kam der Hoppe Klaus, schon Hitlerjunge, mit seinem Ulmer. So nannten wir die Tabakspfeife. Den Kopf hatte er aus Haselnussholz mühevoll ausgehöhlt. Der Zug stammte aus einem Holunderzweig, dessen Mark leicht heraus zu popeln ist. Er winkte mich hinter ein Tor, wo er den Ulmer anzündete, also das Kraut darin. Er tat so, als wäre der Rauch ein Genuss. Ich wollte auch mal ziehen, tat es und hustete mir fast die Lunge heraus. Naja, demnächst käme er an richtigen Tabak ran. Das hier sei irgendein Kräutertee. Wenn ich mit ihm zum Bomber ginge, würde er mir einen Ulmer schnitzen und bissel Tabak wäre auch möglich. Ich fragte, wie lange wir hin und zurück brauchten. Ach, zum Abendbrot sind wir längst wieder da.

Wir liefen aufgeregt um das Wrack, staunten über die zahllosen Instrumente in der Kanzel, suchten nach einem Andenken, rannten zu den verstreut liegenden Teilen und zurück, die Zeit war abgeschaltet. Da meldeten die Sirenen Fliegeralarm. Hier oben hörte man auch jene von den Dörfern ringsum. Wir flüchteten bis zum Rand eines Gehölzes und versteckten uns, weil schon vor Tieffliegern gewarnt worden war. Die schossen auf alles, was sich bewegte, hieß es.

Wir lagen unter einem Busch und schauten nach oben. Hoch über uns orgelten silbern glänzende Bomberstaffeln, schaurig schön.

Bald war der Himmel wieder frei und die Sirene meldete Entwarnung. Ich erwachte aus dem Traum vom Ulmer, von einer Kriegstrophäe aus Amerika und hatte nur noch Angst vor der Begrüßung zu Hause. Die geriet dann auch, wie befürchtet. Mein Vater hatte nicht mehr viel Kraft, daher zog er mir Drei mit einem Stück Wasserschlauch über den Hosenboden. Die Mutter weinte, nahm mich in den Arm und machte mir klar, welche Angst sie um mich ausgestanden hätten, als der Alarm kam und ich nicht erschien.

Ja, bleibt nur noch zu sagen, dass Hoppe mir den Ulmer bis heute schuldig geblieben ist.

Mein Vater zeichnete die Verläufe der Fronten mit Buntstiften auf einer Europakarte ein. Unser Telefunken-Radio missbrauchte er in »volkfeindlicher« Weise. Er hörte BBC-Nachrichten und Radio Beromünster, um den wahren Stand der Dinge zwischen uns und den Feinden zu erfahren. Die Karte versteckte er nach jeder Aktualisierung im Zug eines Kessels in der kalten Wurstküche. Die Lage sei brenzlich, sagte er oft, jedoch so, dass ich nichts aufschnappen sollte.

Ich wusste aber schon lange, wie meine Eltern und die nächsten Vertrauten über den Krieg dachten, nämlich, dass er nicht zu gewinnen sei. Mit solchen Zweifeln belastet, setzte ich mich ab und zu in meine Ecke und besah mir meine »Ritterkreuzträger-Sammlung«. Die Bilder der hochdekorierten Offiziere schnitten wir Jungen aus der Zeitung, klebten sie in ein A3-Heft und benutzten überzählige Exemplare zum Tauschen. In den Schulpausen sah man mehrere Pulks mit gebeugten Köpfen über den Abbildern unserer Vorbilder feilschen und diskutieren. »Ritterkreuz mit Schwertern, Eichenlaub und Brillanten« war mehr wert, als das einfache Ritterkreuz und dazu kam noch die Wertigkeit der Person, die Berühmtheit des Ordensträgers. War der schon in der Deutschen Wochenschau zu sehen gewesen?

Wir spielten oft Krieg. Unter Nennung eines solchen Namens, rief einer: »Ich bin (der und der), ttattattattatta«. Der andere war der Feind und musste sich infolge der gezielten Maschinengewehrsalve hinschmeißen und tot stellen. Über die Anzahl der von dem besagten Kämpfer abgeschossenen Flugzeuge oder Panzer, oder der versenkten Schiffe in Bruttoregistertonnen gab es auch Streit. - Dass wir mit solchen Helden den Krieg verlieren könnten, war eigentlich nicht möglich, dachte ich. Aber wenn die Großen so munkeln, was wird da dran sein?

Sehr bedächtig hatten sich mein Vater und Herr Porterris einander angenähert, um die Lage zu besprechen. Der Offizier der Litauischen Armee war vor den Sowjets geflohen, als sein Land okkupiert wurde. Aus Ostpreußen hatte er sich mit seiner ostpreußischen Frau auf den weiten Weg gemacht und wie zigtausende Flüchtlinge, bewältigt. Nun ruhten sie in unserem Hause aus und erwarteten ihr erstes Kind. Beide Männer saßen oft im Hof auf der Sommerbank und diskutierten oder erzählten. Ich, der Neunjährige, hockte auf einem Holzklotz daneben und lauschte. Der Litauer muss zu Hause sehr wohlhabend gewesen sein. Und seine Frau war eine bekannte deutsche Schwimmerin aus »Aalensteejn« (Allenstein). Sie waren meinen Eltern sehr dankbar für Betten, Wäsche und kleinen Hausrat. Lustig war für mich immer, wenn die junge Frau mittags aus dem Kammerfenster in den Hof rief: »Withold … aaßn«.

Wir benutzen diesen Ruf in der Familie manchmal noch heute, wenn es ans Essen gehen soll.

Meine Mutter hegte in ihrer Briefmappe den letzten Brief ihres Bruders, meines Lieblingsonkels Karl, aus dem Kessel von Stalingrad. Seit Stalingrad verloren und mein Onkel als vermisst gemeldet war, wirkten die Eltern häufig traurig, besorgt, heute würde ich sagen, deprimiert. Ich lernte später wegen dieses Briefes und eines ganzen Päckchens »Feldpost« die deutsche Schrift zu lesen.

Der letzte Brief vom 23. Januar 1943 ist für mich ein Familien-Heiligtum. Der 29-jährige Karl schreibt mannhaft, so, als wolle er uns alle trösten. Weihnachten wäre diesmal nicht so toll gewesen, die Post sei nicht rangekommen. Er habe einen Handdurchschuss links, nicht weiter schlimm, vielleicht nähme ihn die »Tante Ju« noch mit. Er meinte ein Junkers-Flugzeug. Weil das hier vorläufig sein letztes Briefpapier sei, schreibe er an alle damit gleichzeitig. Auch seine Braut, die Gretel, musste den Brief mit uns gemeinsam lesen. »Und lieber Peter«, schreibt er am Schluss der langen Anrede. Ich war damals siebeneinhalb Jahre alt und fühlte mich ob dieser Aufmerksamkeit richtig »groß«.

Nach dem Krieg, 1950, kam ein Mann zu meiner Mutter und brachte ihr die Nachricht, dass Karl Löwe neben ihm auf der Pritsche des Gefangenenlagers in Taschkent gestorben sei. An einem Morgen war er nicht mehr erwacht. Ich stellte im Atlas fest, dass Taschkent von Stalingrad eben so weit entfernt ist, wie Berlin von Stalingrad. Noch einmal erlebten wir eine traurige Zeit. Ich begriff nicht, wie eine Tante sagen konnte, jetzt hätten wir wenigstens Gewissheit. Dass ein junger Mensch, kerngesund und stark, übrigens mit 24 Jahren schon Fleischermeister, in unendlicher Ferne von seinem

Zuhause, durch Arbeit sterben musste; ich konnte mich da lange nicht hineindenken. Dass es dann auf beiden Seiten Millionen Opfer gab, erfuhren wir schon bald nach dem Krieg, aber die Eltern verdrängten das. Zu den nicht vorstellbaren Zahlen die Umstände und Schicksale zu denken, war gar nicht möglich, uns Kindern sowieso nicht. Der Geist wollte die Seele vor solchen Ungeheuerlichkeiten schützen.

Die amerikanische Besatzung etablierte sich ab 15.April bei uns. Die Truppe war als erste in das Konzentrationslager Buchenwald bei Weimar gelangt. Der Stadt-Kommandant von Lunzenau, Captain Sidney Reyther, hat ein paar Männern, die er für die Verwaltung unseres Städtchens heranzog, erzählt, seine Soldaten hätten ab dem Zeitpunkt nur noch Wut und Abscheu geäußert. Sie hätten gesagt, sie wollten von nun an alles niedermachen. Er hätte scharfe Befehle zur Mäßigung erteilen müssen. Meine Eltern lehnten es ab, sich das Grauen vorzustellen, ja, sie vermuteten sogar gegnerische Propaganda und Verleumdung. Später weinte mein Vater darüber, als es nicht mehr zu leugnen war.

Doch, der Reihe nach: Das Radio rauschte, kratzte und piepste, ehe man einen deutschen Sender fand. Ob meine Eltern etwas über heran kommende amerikanische Truppen wussten, weiß ich nicht. Mir ist aber die Situation des besagten Tages ins Hirn eingebrannt: Es herrschte eine eigenartige Ruhe auf dem Marktplatz, kein sonntäglicher Spaziergänger war zu sehen. Das Wetter war für den April sehr warm und gar nicht aprilhaft launig. Wie es sich gehörte, aßen wir zum Sonntag Suppe, Rinderbraten und grüne Klöße, Pflaumenkompott. Mein Vater begab sich zur Mittagsruhe. Die Mutter wusch ab, ich trocknete Geschirr und Bestecke. Das Fenster stand weit offen. Da hörten wir meinen Spielkameraden, den Nachbarsjungen Werner Scheubner laut rufen: »Die Amiiiis«.

Mein Vater stand auf und schloss das Hoftor ab. Er legte auch den eisernen Riegel ein. Alle Fenster mussten geschlossen werden, die Rollos waren herab zu lassen und die Gardinen waren zu zuziehen. Dann machte er Feuer im Kachelofen und verbrannte darin unsere zwei Hakenkreuzfahnen. Auch Kriegsfotos warf er hinein. Ich durfte nicht an ein Fenster gehen, weil »die sofort schießen«, wenn sich da etwas bewegte.

Zuerst hörten wir das Motorgeräusch eines einzelnen Fahrzeuges und laute Rufe eines Soldaten oder Offiziers. Vater lugte doch hinaus, zog die Fenstertextilien weg, ließ die Rollos hoch und öffnete das Fenster. Mutter und ich

durften endlich mitgucken. Da stand mitten auf dem Markt
ein Jeep. Zu dem Zeitpunkt wusste ich noch nicht, dass dieses Gelände-Auto so hieß. Drei Soldaten im Stahlhelm saßen
darin und einer stand hinter dem installierten Maschinenge-
wehr.

Sie riefen etwas und der Stehende bewegte die Arme
nach unten, wie ein Mensch, der Ruhe gebieten möchte.
Ringsum erschienen weiße Bettlaken oder Tischtücher in den
Fenstern. Wir wussten damals noch nicht, dass unser Haus-
arzt, Dr. Cornelius Langowski mit seinem OPEL-Kadett-
Cabriolet und großer weißer Fahne den Amerikanern mutig
entgegen gefahren war, um sie zu bitten, den Ort zu schonen.
Der Jeep drehte eine Runde um den Markt, der noch »Platz
der SA« hieß, und fuhr zurück in die Hauptstraße. Die anrol-
lenden Panzer konnten aber nicht augenblicklich erscheinen,
weil der erste von ihnen sein Geschützrohr wegen der engen
Kurve in das Wohnzimmer des Schneidermeisters und Hut-
machers Otto Rebl gebohrt hatte. Der Panzer-Kommandant
befürchtete wohl, die Hauswand könne einstürzen und die
Straße verschütten, wenn der Panzer einfach rückwärts rollte.
Das passierte dann doch nicht und der schier endlose Zug
der Panzer und riesigen LKWs, Jeeps und Geschütze begann.
Er dauerte bis weit in den Abend. Es roch stark nach Benzin
und Abgasen. Die Panzerketten waren mit Gummistreifen

belegt und deren schwarzer Abrieb, vermengt mit anderem Feinstaub, legte sich um unsere Nasenlöcher ab. Dramatisch war eine kurze Szene während des Spektakels: Ein Panzer scherte aus und stand direkt vor unserem Haus an der Bordsteinkante. Ein Trupp Soldaten brachte einen jungen Mann in der schwarzen Uniform der Hitlerjugend. Wir erkannten in ihm den Lehrling des Fleischers Auer, der sein Geschäft direkt neben der Brückenauffahrt hatte. Sie banden den Jungen mit gespreizten Armen und Beinen auf die Front des Panzers und fuhren davon. Der Junge soll mit einer Panzerfaust einen Panzer getroffen haben, wurde danach erzählt. Was aus ihm wurde, ist mir nicht bekannt.

Am nächsten Tag, dem 16. April räumten die Besatzer das Hotel »Sächsischer Hof« am Markt und machten es zur Militärkommandantur. Auch die Villa des Tierarztes Dr.Geyer und einige ansehnliche Wohnungen darum herum requirierten sie zur Unterbringung von Offizieren. Mannschaften lagerten im bis dahin »Braunes Haus« genannten Gebäude der SA und HJ und in einer stillgelegten Schuhfabrik. Unablässig rasten die kleinen Jeeps hin und her, bergauf, bergab. Noch nie hatten wir ein Auto die steile und enge Kirchgasse hochfahren sehen. Die Amis schafften das. Die Zigarre kauenden Fahrer der großen Laster erschreckten uns, vor allem die Frauen, mit willkürlich herbeigeführten

Fehlzündungen, die wie Kanonenschläge knallten. Aber das ebbte alles nach ein paar Tagen ab. Und das Wetter war sommerlich.

Für uns Kinder fügten sich die Umstände ganz neu. Schule war nicht und von früh bis spät erkundeten wir, wie denn die Amis so wären, wo »Dschuing-Gam änd Tschacklett pließ« zu ergattern war. Viele Jungen sammelten die langen Zigaretten-Kippen der Amis auf, um den parfümiert riechenden Tabak heraus zu puhlen; auch ältere Männer machten das. Mein Vater verbot mir solche Würdelosigkeit. Schon vor dem 8.Mai, dem Tag der allgemeinen Kapitulation des Dritten Reiches, merkten wir nichts mehr vom Krieg. Halt! Es gab eine Scheinerschießung. Der Meister einer Abteilung in der Papierfabrik musste am helllichten Tag auf einer Wiese nahe der Stadtgrenze sein Grab schaufeln. Eine Gruppe Soldaten legte auf ihn an, es knackte leise und der Mann lag schluchzend am Boden. Er hatte die ihm unterstellten »Fremdarbeiter und Dienstverpflichteten«, also Polen, Ukrainer, Tschechen, Belgier und Holländer gequält, misshandelt und um ihre Rationen betrogen. Meine Eltern kommentierten diese Bestrafung nicht.

Eines Morgens, Ende April, weckte mich meine Mutter mit der Nachricht, der Führer sei gefallen. Ich glaube, es herrschte in der Familie eine stille Übereinkunft, darüber nicht zu sprechen. »Ja, schlimm«, an mehr erinnere ich mich nicht. Ich denke heute, meine Eltern empfanden, dass ein absurdes Stück des Welttheaters zu Ende ging. Nur dass es dabei keinen Theater-Donner gab, sondern infernalische Zerstörungen und massenhafte Vernichtung von Leben.

Die Besatzer wirkten ganz entspannt, nachdem sie gleich zu Anfang alle Waffen aus den Häusern, auch Dolche und alte Säbel, eingesammelt hatten. Das Radio hatten wir ebenfalls abliefern müssen, erhielten es aber nach dem 9. Mai zurück. Die siegreichen Soldaten gingen noch bewaffnet zur Kirche, aber das musste wohl so sein, ehe das Ende des Krieges offiziell erklärt war. Mein Vater nannte sie »unmilitärische Schleicher«, weil man sie mit ihren Gummi-Kreppsohlen nicht hörte. Saßen die Amis in der Kirche, kreisten wir Jungen um ihre unbewachten (!) Fahrzeuge und klauten die »Breakfast-Kisten«, die an der Hinterseite mit Draht angerödelt waren. In den Kisten befanden sich Konserven mit Fleisch, Kau-Gummi, Bonbons, Schokolade, Kekse, süße Kondensmilch und seltsame Luftballons. Über deren Sinn und Zweck unterrichteten uns irgendwann größere Jungen. Meine Ernährung besserte ich zeitweise mit viel Pudding auf, den ich im Innenhof des Hotels »Sächsischer Hof« direkt aus dem nicht vollständig geleerten Riesentopf leckte.

Dort hatte ich mich mit einem schwarzen Koch angefreundet. Wir Kinder hatten noch nie Menschen dieser Hautfarbe gesehen und der allgemeine Eindruck war, die sind sehr freundlich; und beeindruckend waren deren Zähne. Um in den Innenhof zu kommen, nutzte ich eine schmale Feuerschutztür, welche das Hotel mit dem Nachbargebäude verband, respektive schützen sollte. Die Eigentümerin beider Häuser zählte zum Kränzchen meiner Mutter. Beziehungen sind eben in jeder Lebenslage wichtig. Ich sah, wie der Koch einen halben Kessel heißen Kaffees weg kippte. Darauf erschien ich anderntags mit einem emaillierten Henkelkrug, der auch einen Deckel hatte. So versorgte ich einige Tage lang meine Eltern mit Bohnenkaffe der Extraklasse. Er war allerdings gesüßt. Weniger Kaffee zu kochen, war dem Koch nicht möglich, weil er den industriell abgefüllten weißen Sack mit dem feinst gemahlenen und mit Zucker versetzten Kaffee-Pulver zwangsläufig in die vorgeschriebene kochende Wassermenge zu tauchen hatte.

Das Wohlleben hatte bald ein Ende. Wir sahen das schon lange kommen. Die sowjetischen Truppen lagen bereits seit ein paar Wochen drüben in Hohenkirchen auf der anderen Muldenseite. Uns schwante nichts Gutes, wenn sie herüber kämen. Abgemildert wurde unsere Furcht durch einen abendlichen Besuch der Russen auf unserem Marktplatz. Sie fuhren mit einem dunkelgrünen kastenförmigen LKW vor. Auf dem Dach des Ungetüms waren große Lautsprecher montiert. Amerikaner und Russen begrüßten sich herzlich und plötzlich erklang aus den Lautsprechern Musik. Russische Folklore wurde geboten. Dazu tanzten die Russen in nie gesehener Weise. Sie gingen taktweise in die Hocke und schnellten wieder hoch. Dabei streckten sie abwechselnd ein Bein stramm geradeaus. Dann fassten sich zwei und zwei, wirbelten sich gegenseitig herum und standen schon wieder, ohne Anzeichen von Schwindel. Die Amis applaudierten lachend und wurden eingeladen, die tollkühnen Figuren nach zu tanzen. Das geschah nun zum Spaß der Russen. Die Amis schleppten ihrerseits Schallplatten herbei. Darunter war versehentlich ein deutsches Soldatenlied gerutscht. Die Verbündeten merkten beiderseits nichts, und mein Vater schubste die Mutter vergnügt an. Wir hörten danach aus den amerikanischen Beständen den im Nazi-Reich verbotenen Swing. Mit der einbrechenden Dunkelheit knatterte der Propaganda-Wagen, Vater nannte den LKW so, wieder über die Brücke und passierte dabei zwei Schlagbäume.

Das Porterris-Kind, ein Mädchen, war da. Der englisch sprechende Herr Porterris hatte von einem amerikanischen Offizier das Datum des Abmarsches der Amis erfahren. Der hatte versprochen, sich Gedanken über Transporthilfe für die kleine Familie zu machen. Aber er konnte das wohl nicht verwirklichen, denn Porterris war ganz verzweifelt. Er sagte, für die Russen gelte er als Fahnenflüchtiger. Jemand, mit dem meine Eltern gesprochen hatten, wusste die Lösung. Ein Opel P4 wurde in einer Scheune von seiner Strohlast befreit und fahrbereit gemacht. Eine Batterie fand sich auch. Der Besitzer des Autos erhielt von Porterris Gold. Ich, das Kind, wusste, wer es war; aber ich habe immer dicht gehalten. Vater hatte mich ja vergattert. - Wenn ich später den Mann sah, der sich »gesellschaftlich engagierte«, hatte ich meinen heimlichen Spaß. - Nicht weit hinter dem letzten Army-Fahrzeug qualmte der P4 um die Ecke und kurz darauf rückten die Russen über unsere Brücke ein.

Zwei oder drei Jahre später haben die Porterris's uns durch Verwandte der Frau einen Gruß aus Kanada geschickt.

Am ersten Juli 1945 verließen also die Amis unser schönes Tal. Sie zogen sich bis auf die Linie zwischen Thüringen und Hessen/Bayern zurück. Wie lange diese Linie als Grenze, als Front im kalten Krieg, Bestand hatte, weiß der Leser.

Die »Rote Armee«, so von einem riesigen Spruchband als siegreiche Befreier, begrüßt, machte einen abgerissenen Eindruck. Panzer brachten sie nicht mehr über die Mulde, aber Mannschaftswagen, Laster, Geländewagen und Pferdegespanne mit den sogenannten Panjewagen.

Der Panjewagen und die kleinen ausdauernden Panjepferde verdanken ihren Namen dem slawischen Wort PAN, Herr. Die meisten dieser leichten Wagen hatten Holzräder mit eisernem Reifen. Einzelne waren mit ausgemusterten Autorädern versehen. Die Seitenbretter waren meistens stark nach außen geneigt, so dass man an beiden Seiten mit den Unterschenkeln nach außen sitzen konnte. Die Bagage diente als Rückenlehne. Anders der deutsche »Heeresfeldwagen«. Er war schwerer konstruiert, wie ein traditioneller Ackerwagen der Bauern. Auch die deutschen Pferde stammten aus deutschen Gebrauchspferde-Zuchten. Im russischen Schlamm versagten beide.

Nicht das Hotel Sächsischer Hof wurde Sitz der Kommandantur, sondern das erwähnte Nachbarhaus. Wohl, weil es mit rotem Putz versehen war, ochsenblutrot. Erneut erging der Befehl, etwaige Waffen abzuliefern. Es begann eine Reihe von Registrierungen. Lange Schlangen wartender Männer standen vor dem Rathaus. Bald wurden alle verfügbaren Männer zum Abbau des zweiten Gleises der Eisen-

bahnstrecken rekrutiert. Mein Vater mit seiner Schwerbe-
schädigung wurde nach vergeblichen Einwänden erst vom
Kommandanten persönlich von der Auflage befreit.

Die sowjetischen Soldaten verströmten den Geruch eines Chemiewerkes. Dafür hatten sie kein Ungeziefer mehr
am Leib. Sie betrugen sich distanziert, auch gegenüber Frau-
en. Die Vergewaltigungen waren verboten worden. Man
wusste unter der Hand, dass jedem Soldaten die sofortige
Erschießung drohte, machte er sich über deutsche Frauen
her.

Vor unserem Haus stand eine Telefonzelle. Weil sie noch
funktionierte, postierten darin zwei sowjetische Soldaten. Ich
habe nicht gesehen, dass sie abgelöst wurden. Sie schliefen
auf Decken halb im Sitzen oder lagen diagonal mit angezo-
genen Beinen. Bei unserem unmittelbarem Nachbarn, dem
Kolonialwarenhändler Bruno Weck hatten sie Brennspiritus
requiriert. Zu uns kamen sie laut polternd in die Küche und
verlangten zwei Gläser. Mutter gab ihnen zwei Senfgläser.
Die jungen Kerle schenkten sich Spiritus ein, kippten ihn
hinunter und stürzten sofort auf den Wasserhahn zu. Sie
kannten den Wasserdruck noch nicht, daher spritzte das
Wasser aus dem Glas bis an die Decke. Mit reichlich Wasser
spülten sie ihren Schlund und waren zufrieden. Wahrschein-

lich war ihr Dasein nur mit Alkohol zu ertragen, auch wenn's nur vergällter war. Jedenfalls hatte er ausreichend Prozente.

Die Auswertung der Registrierungen und ganz sicher auch Denunziationen führten eines Tages zu einer Blitzaktion gegen alle, die als aktive Nazis gelten mussten. Wir Kinder konnten zuschauen, wie bekannte Persönlichkeiten, allen voran der ehemalige Bürgermeister Arnold auf einen offenen Laster »verladen« wurden. Das fand vor der Kirche am Markt statt. Ohne Gegenwehr und klaglos standen die Männer dicht gedrängt auf der Plattform. Eine Wolke des stinkenden »Russenbenzins« stehen lassend, fuhr der LKW davon. Sie kamen alle nach Mühlberg an der Elbe, sagte man, und niemand von ihnen sollte zurückkehren. Meine Mutter benutzte das Wort »Mitläufer« und vergoss ein paar Tränen. Ich denke in dem einen oder anderen Fall urteilte sie zu milde, im Nachhinein betrachtet. Aber dass die Sowjetmacht Menschen ohne Prozess und Urteil liquidierte, war nichts weiter als die Spiegelung der Verbrechen unter dem Hakenkreuz.
Nun war es der Sowjetstern.

Die Schule begann im Herbst 1945 mit neuen Schulbüchern und Heften, deren Seiten keine Tinte vertrugen. Die Tinte »lief aus«. »Schönschreiben« als Fach ging baden. Die Schule war nicht zu beheizen. Daher wanderten die Klassen planvoll von Fabriksaal zu Fabrikraum, wo es warm war. Unsere »Neulehrerin«, Fräulein Hertha Kossak aus Ostpreußen, liebten wir. Sie war jung und hübsch, sie sprach so schön. Und sie lehrte uns sämtliche gängigen Volkslieder. Wir sangen alle mit Begeisterung. Sie streichelte unsere Kinderseelen.

Die neuen Machthaber sahen die bisherigen Lehrer zuerst generell als Nazis an, sie durften nicht mehr unterrichten. Junge Menschen mit Abitur oder schon mit akademischem Hintergrund wurden nach ideologischer Prüfung in 4 bis 8 Monaten eilig als »Neulehrer« ausgebildet. Das Instrument »Fernschule«, ein genau auf die Lehrpläne zugeschnittenes Weiterbildungs-Material erhielten sie, wenn sie schon im Dienst waren, regelmäßig per Post. Manchmal lernten sie, was sie morgens unterrichten sollten, erst am Abend zuvor. Wenige alte Lehrer sortierte man wieder in den Schuldienst ein. Auch geeignete Elternteile halfen in den Schulen aus.

1946 klärten uns die Neulehrer über die feudalen Ausbeuter, Junker, Großgrundbesitzer und Fabrikbarone auf. Wir lernten den Begriff »Bodenreform« kennen und konnten ihn deuten. Um unseren Markt herum prangten plötzlich eine Menge Plakate mit einem großen »JA«. Ich belauschte einen

Mann, der aus einem Auto stieg, den neuen Bürgermeister begrüßte und rief:»Das ist alles viel zu wenig! Wenn die Leute auf die Straße gehen oder gucken, dürfen sie nur eins sehen; JA, JA und immer wieder JA«! Hier handelte es sich um ein Element von Agitation und Propaganda, in der Parteisprache AGITPROP genannt. Und die galt der Vorbereitung des Volksentscheides zur Enteignung der Großgrundbesitzer in der SBZ, der sowjetisch besetzten Zone.

Unsere Fleischerei war inzwischen verpachtet. Der Pächter bekam einen Riesenärger mit den Russen, weil sie ihm auf die Spur gekommen waren, dass er sie mit der Produktion von Brühwurst, aus dem von ihnen angelieferten Wildbret, beschiss. Die Ausbeute wäre höher, als er es angab. Ich musste eine fürchterliche Szene mit ansehen, bei der ein Offizier dem knienden und laut flehenden Meister die Pistole auf die Stirn setzte. Ich hielt mir schon die Ohren zu, da spuckte der Offizier dem Mann ins Gesicht und steckte die Waffe wieder ein. Anschließend beräumten die Soldaten die ganze Fleischerei von allem Essbaren.

Ich habe, verglichen mit anderen Kindern, damals Glück gehabt, wenn nicht der Lebensfaden meines Vaters, Hans Kurt Böttger, geboren am 2. Dezember 1899, so früh zu Ende gewesen wäre. Er wurde nur siebenundvierzig Jahre alt.

Meine Eltern hatten viel Streit mit dem Pächter, weil seine Sippe mit unserem Eigentum zu grob umging. Das bekam meinem Vater überhaupt nicht, weil sich seine Krankheit zunehmend verschlimmerte. Er wurde immer schwächer und lag fast nur im Bett. Er hatte zu allen Verletzungen noch Tuberkulose bekommen. Ich sehe es heute als Wunder an, dass meine Mutter und ich nicht angesteckt wurden. Am Heiligen Abend 1946 stand mein Vater mir zuliebe noch einmal mit größter Mühe auf. Nach Weihnachten begann sein Sterben.

Am 7. Januar 1947, vormittags, schickte mich meine Mutter in ihrer Hilflosigkeit und Verzweiflung, die alte Gemeindeschwester zu holen. Auf dem Wege erfuhr ich zum ersten Male, dass einem die feuchten Nasenlöcher zufrieren können, wenn es nur kalt genug ist. Die alte Dame sagte mir, sie könne bei dieser Kälte und der gefährlichen Glätte das Haus nicht verlassen. Als ich wieder zu Hause war, führte mich die Mama zum Bett des Vaters und legte den Finger auf die Lippen. Der Vater atmete ganz schwach. Es schien, als schliefe er. Da öffneten sich seine Augen. Nur einen Augenblick lang strahlten sie, geradeaus gerichtet, etwas ganz bestimmt Wunderbares an und erloschen.
Die Mama schloss darauf ganz sachte seine Lider.

***

Blücher

Entgegen allen Befürchtungen und Ängsten waren sie aus dem Keller herausgekommen, mit blutigen Händen zwar, aber sie hatten es geschafft. Grau vom Staub, gerötet die Augen, zitternd vor Kälte, drängten sie sich alle aneinander. »Hauptsache wir leben!« Und das Haus stand noch, allerdings stark beschädigt; unbegreiflich, denn ringsum war nur Chaos. Das war am 27. Februar 1945.

Ende April, die Stadt war von den Amerikanern besetzt, meldete der im Radio: »Hier spricht das Führerhauptquartier«. Jochen flüsterte: »Bestimmt kommt endlich die Wunderwaffe, die der Führer angekündigt hat«. Die Mutter strich ihm mitleidig lächelnd über das Haar. Keine neue Waffe wurde verkündet, dafür sagte der Sprecher, dass der Führer ... »bis zum letzten Blutstropfen kämpfend« ... gefallen sei.

Nach ein paar interessanten Wochen mit den Amerikanern sind die »Russen« gekommen. Inzwischen ist schon wieder Winter. Aber nun fürchten die Leipziger keine Luftangriffe mehr, weil doch die Befreier da sind. Was die Befreiung umfassend bedeutete, begriffen noch nicht einmal alle Erwachsenen. »Der Krieg ist aus!« Das genügte fürs Erste. Die Kinder waren nur Kinder. Sie lebten nur im Heute. Und der Hauptgedanke war: »Ich habe Hunger«.

Den alten »Volksempfänger«, manche nannten ihn »Goebbelsharfe« hat Jochen aus den Trümmern gebuddelt. Samt der halben Wand hatte ihn der Luftdruck mit anderen Möbeln hinaus geblasen. Das Bakelit-Gehäuse hat Risse und Schrammen, aber der Apparat spielt.

Die Sprache der ungelernten Ansagerin wirkt angestrengt. Sie klingt wie tausend andere, sächsisch flach. Konsonanten und Endungen werden künstlich betont: »Ach/tung Ach/tung! Diese Durch/sage wendet sich an die Bewoh/ner der Stadt Leip/zig. Sie werden verpflich/tet, unverzüg/lich an der Schnee/beräumung teil/zu/nehmen. Die Fuß/wege sind frei zu ma/chen. Im Be/reich des jeweiligen Wohn/hauses sind vorhandene Straßen/bahn/gleise vom Schnee zu beräu/men. Auf Befehl des Stadt/komman-dan/ten der sowje/tischen Streit/kräf/te, der Bürger/meis/ter.«

Wer kein Radio besitzt, hört alle Verlautbarungen mit Musik des *Alexandrow-Ensembles* aus den Lautsprechern mit frei hängenden Kabeln an den Häuserwenden, und zwar laut. Kramers hören das Meiste von innen und außen.

Zwischen zwei russischen Volksliedern wie zum Beispiel *Kalinka* und *Stjep da Stjep grugom* (Steppe rings umher) wird die Ansage permanent wiederholt. Im Januar 1946 hat es vier Tage lang geschneit.

Jochen ist 13 Jahre alt, seine zwei Brüder Rolf und Harry sind elf und neun. Das Schwesterchen Inge ist gerade sieben geworden. Die Mutter, Marga Kramer, weiß nichts über den Verbleib Ottos, ihres Mannes, nur dass er in Russland sein soll. Man sieht ihr die Sorgen an. Hager, bleich, mit unsteten Augen, die unentwegt etwas zu essen für die Kinder zu suchen scheinen. Sie trägt ein zum Turban geschlungenes Tuch um den Kopf, hat den Mantel an und kocht »Zudelsuppe« für Frühstück, Mittag- und Abendessen dieses Tages. Die Speise besteht aus geriebenen rohen Kartoffeln, deren *Stärke* nicht verloren gehen darf. Viel Wasser wird nach und nach unter den köchelnden Brei gerührt.

Salz ist auch noch da.

»Mutter, ich geh für uns Schnee schippen.«

»Ja Jochen, ich kann nicht runter. Inge hat Fieber; ich muss bei ihr bleiben.« Jochen ist jetzt der Mann im Hause, und so will er handeln.

»Mutter, wann ziehen wir zur Großmutter?«

»Im Frühjahr, aber nur, wenn die Flüchtlinge bei Oma raus sind, sonst ist kein Platz.«

»Wo sollen die denn hin?«

»Die haben Verwandte bei Bremen.«

»Da möchte ich auch hin und wie Graf Luckner aus Dresden mit dem Schiff nach Amerika oder Indien.«

Das Buch »Seeteufel« hatte er ebenfalls im Schutt gefunden.

»Und was wird hier aus uns?« Die Mutter schaut halb traurig, halb belustigt. »Nee nee, ich bleib schon da. ... Du, die Oma hat gesagt, wir können noch Stücke im Garten umgraben für Kartoffeln und so. Wenn wir aber nicht hinziehen, dann fressen die anderen unser Zeug. Da hat's doch gar keinen Zweck. Oma merkt das doch gar nicht.« - »Warts nur ab, Jochen, kommt Zeit, kommt Rat. Ehe man umgraben kann, dauert es noch ne Weile. Und sag nicht *fressen!* ... Das Problem sind die Saatkartoffeln. Bei wem wir die betteln oder eintauschen können, weiß Oma jetzt auch noch nicht.«

»Hm, wird schon werden.« Der Junge spürt, dass er der Mutter den Mut nicht nehmen darf.

Die Suppe ist fertig. Jeder bekommt einen Schöpflöffel voll auf den Teller. Das graugrüne Geschlabber glänzt schleimig. Es dampft gewaltig in diesem kalten Raum, wo alle schlafen, den Tag verbringen, wo die Mutter kocht und wäscht, die Wäsche trocknet. Die drei verbliebenen kleinen Scheiben im Fenster sind mit Eisblumen verziert, die drei zerschlagenen hat die Mutter durch Wellpappe und Lumpen ersetzt. Alle tragen ihre Straßenkleidung mit Mützen und Müffchen. Oma hat die aus Wollresten gestrickt. Sie werden so weit nach vorn gezogen, dass man gerade noch den Löffel halten kann. Inge will nichts essen. Aber das gibt es nicht. Sie wird von der Mutter gefüttert, mit viel Zureden zwar, aber unnachgiebig.

Jochen hat zwei alten Männern geholfen, angekohlte Balken aus dem Schutt zu graben. Er hat seinen Anteil bekommen. Nun fehlt eine Säge. In der Stube hackt Jochen mit einem Beil voller Scharten mühsam Späne aus den meterlangen Balkenstücken. Der kleine Kanonenofen heizt nur in einem bestimmten Umkreis und schnell ist das Holz verbrannt. Wenn man einen Handwagen hätte! Da könnte man aus Borna Briketts oder Braunkohle holen. Das dauert einen Tag hin und zurück, wäre aber bei diesem Schnee nicht zu machen. Die Russen sollen demnächst mit ihren Fahrzeugen Kohlen bringen, hat jemand gesagt.

Von einem Russen-Laster herab werden Schaufeln ausgegeben. Jochen trifft die beiden alten Männer. Er arbeitet neben ihnen mit Gleichmut und Ausdauer. Bis einer der beiden sagt:»Junge, mach Schluss, hast genug geschaufelt. Mach heeme, ruh' dich aus«. Der andere Mann nickt zustimmend, nimmt Jochen die Schaufel ab und bläst spaßhaft auf die Blase in Jochens linker Handfläche.

Wie sie den Winter 45/46 überstanden haben, darüber wird nicht mehr nachgedacht. Nun scheint die warme Frühlingssonne in die stillgelegte Sandgrube, wo Jochen mit seinen Brüdern Huflattich sammelt. Sie wohnen seit drei Wochen endlich auf dem Dorf bei Oma, etwas südwestlich von der Stadt. Der alte Apotheker Wagner in Markleeberg nimmt ihnen den Huflattich ab, wenn er sorgfältig getrocknet ist. »Und ohne Dreck und Sand«, hat er gesagt. Daher überwacht Jochen seine Brüder bei der Arbeit.

Rolf schielt schon lange nach der Sandlore auf den geneigten und krummen Schienen der alten Feldbahn. Ob man damit nicht einmal fahren kann? Jochen will das auch, aber noch ist zu wenig von der künftigen Hustenmedizin im Sack. »Los, bücken, weitermachen, dort stehen ganze Büschel. Macht hin, ehe andere kommen«, ruft er den unlustigen kleinen Burschen zu. Nach dieser Ermahnung zupfen sie flink die kurzen dicken Stängel mit den sattgelben Blüten und freuen sich, wenn sie ihr Körbchen wieder in den großen Jutesack auskippen können.

Endlich erliegt Jochen selber dem Wunsch nach Feier-
abend. Sie klettern in die Lore. Mit einem großen Stein
schlägt er gegen die Bremskurbel. Das verrostete Gestänge
dreht sich ruckweise, bis die Bremse gelöst ist. Die Lore be-
wegt sich, wird schneller, schüttelt gefährlich nach links und
rechts und fährt genau durch die Mitte des Tümpels voller
Kaulquappen am Tiefpunkt der Grube. Sie kommt hindurch,
so groß war der Schwung immerhin; aber gleich fängt sie an,
rückwärts zu rollen. Des geringeren Gefälles wegen bleibt sie
in der nun aufgewühlten Lehmbrühe stehen. Der Jubel ver-
stummt. Die zwei jüngeren Brüder knöpfen die schwarzen,
an den Knien grau und braun gestopften Strümpfe vom
Leibchen, ziehen Schuhe und Strümpfe aus. Jochen trägt
schon Kniestrümpfe und daher ist er schneller. Hinein in das
gelbe Wasser. Die Beine Harrys sind die kürzesten. Seine
Hose bekommt nasse gelbe Ränder. Und ganz schön kalt ist
das! Jochen ordnet das Trockenreiben mit dem Taschentuch
an. Die Sonne tut das Ihre. Die nasse Hose wird an eine junge Birke gehängt. Harry, in Unterhose und Leibchen, wird
gefoppt. Wütend setzt er sich abseits, aber dann macht er
etwas aus der Situation und hüpft zur Freude seiner Brüder
wie ein Ballettmädel umher. Bald blättert die dünne
Lehmkruste von der Hose ab, aber die bleibt feucht. Der

feine gelbe Staub an Beinen und Füßen wird morgen früh in den Betten verschwunden sein. Heute ist kein Badetag.

Ein neuer Tag; die Mutter hat dicke Graupen gekocht. Oma steuert Maggi-Würze bei. Marga fragt ihre Schwiegermutter nicht, wo die verkrustete schwarze Flasche plötzlich herkommt. Oma erklärt, das sei »Friedensware«. Reichlich harte Spelzen hat der Müller in den Graupen gelassen. Man spuckt sie aber nicht aus. Oma sagt: »Stopft auch ein Loch zu«. Da klopft es. Marga Kramer murmelt: »Gerade zur Essenszeit wieder«. Sie weiß schon, dass es Frau Matthes mit ihrem Sohn ist und öffnet die Tür. Der dürre neunjährige Junge geht ohne Gruß sofort zum Tisch, sieht auf Jochens Teller und sagt zu seiner Mutter auf die Graupen weisend: »Das kann ich ooch essen«. Die Frauen lächeln sich an. Die ungebetenen Gäste sitzen schnell und löffeln tiefgebeugt aus der weißlich-grauen Pampe von ihrem Teller. Der kleine Matthes schmatzt; die Kramer-Kinder werfen sich Blicke zu.

Frau Matthes' Cousine arbeitet in einer Chemnitzer Strumpffabrik. Daher finden Damenstrümpfe aus Halbseide mit Naht, hell, dunkel oder schwarz ihren Weg aufs Land, wo Körner, Mehl, Kartoffeln, Eier, Butter, Quark und sogar Schweinespeck als Tauschobjekte warten. Die Cousine macht dabei einen guten Schnitt, weil die Strümpfe der unentgeltlichen Aneignung entstammen. Der allgemeine Hunger verdrängt auch bei ihr die Angst, erwischt zu werden. Für das Eintauschen von Saatkartoffeln sieht es jetzt gut aus.

Jochen hat sich mit dem Bauer Graichen arrangiert. Er hilft dem Alten, der auf seinen Sohn aus Russland wartet. Wäre der nicht in der Kriegsgefangenschaft, säßen die alten Graichens längst auf dem Altenteil. Jochens umsichtige Art, seine Fröhlichkeit, sein kräftiges Zupacken gefallen dem Herrn Graichen. Das aber zu zeigen, ist nicht die Art der Bauern. Kurz angebunden und mit den Gedanken stets voll bei der Arbeit, da gibt's nicht viel Worte. Jochen hat schon gelernt, wann er eine Frage stellen darf und wann lieber nicht. Dabei schimpft der Alte nicht, er knurrt nur in sich hinein. Den Rand halten heißt es vor allem beim Essen. Und vorher wird gebetet. Manchmal, wenn der Bauer über seinem Teller ganz und gar mit dem Essen beschäftigt ist, sieht Jochen auf die weiß glänzende Stirnglatze und den scharfen Rand, den die Mütze quer über die Stirne geprägt hat. Darunter ist das Gesicht braun gegerbt. Daran erkennt man sofort, wer Bauer ist.

Mit Ausmisten und Füttern bei den Hasen und Ziegen hat es angefangen. Nun tut Jochen schon die Arbeit eines Kleinknechtes bei den zwei Pferden Max und Tina, auch bei den sieben Kühen. Der Bauer macht abends mit Bleistift Zeichen in den Kalender. Das sind die Stunden und Leistungen Jochens. Geld gibt es nicht viel, aber zu essen. Und! Das kastrierte Ziegenböckchen und drei Hühner gehören jetzt Jochen.

Als er sich unaufgefordert mit dem Einfetten des Pferdegeschirres befasst, bleibt der Bauer stehen, schaut zu, kratzt sich am Kopf und steigt die schmale Stiege zum Heuboden hinauf. Als er wieder herunterkommt, hat er verstaubtes Riemenzeug in der Hand. »Hier, wenn deine Ziege groß genug ist, kannst du das Geschirre nehm und das Vieh einspann.« Jochen ist hochrot im Gesicht vor Freude, springt auf und nähert sich dem Alten, den er wie einen Großvater ansieht. Der aber macht kehrt und schlurft mit seinen Holzpantinen fort. »Danke, Herr Graichen!« Das »Hm-hm« des Alten hört er nicht mehr, aber das kurze Nicken ist zu sehen.

Sofort kreisen die Gedanken um Omas Handwagen. Der Stellmacher muss ein Ortscheit machen und die Deichsel umarbeiten, beim Schmied muss man nach passenden Haken und Ösen suchen. »Blücher«, so heißt das Böckchen, muss gut zu fressen kriegen, damit es mit dem Fahrtraining bald losgehen kann. Er wird Kleintransporte übernehmen für alte Leute; Kinder können gegen eine Tauschsache oder einen

Fünfer zum Spaß gefahren werden. Sein künftiges Unternehmen sieht Jochen klar vor seinem geistigen Auge. Während der Denkarbeit hat er das Ziegengeschirr inspiziert. Es ist vollständig, nur staubig und hart. Da hilft fetten. Die Metallteile sind vernickelt, sie werden bald wieder blitzen; Oma hat noch Wiener Kalk von früher.

Aus drei Hühnern sind nun 12 geworden, die der bunte Italiener mit dem leuchtend roten Kamm eifersüchtig wartet und feurig tritt. Den Hahn hat Mutti gekauft. Es gibt Eier zum Selberessen und das Geld für die verkauften darf Jochen behalten. Marga arbeitet in der Kantine des Braunkohlenschachtes. Um halb Fünf Uhr morgens hält der LKW mit dem Aufbau, der aussieht wie eine Gartenlaube, vor dem Haus und holt sie ab. Es geht der Familie immer besser. Aber jeden Tag stellt jemand die Frage, ob der Papa bald wiederkommt. Mit Jochen, ihrem Großen, bespricht die Mutter fast alles. So erzählt sie ihm auch, dass sie bei der Kartenlegerin war. Die hat gesagt, der Vater lebt. Aber wann die Russen wieder Gefangene freilassen, das kann sie nicht vorhersagen.

Der Sohn des Bauern Graichen ist wieder da. Statt der linken Hand hat er eine Lederstulpe, an der ein glänzender Eisenhaken befestigt ist. Die Hand geriet in Sibirien unter eine Eisenschiene, die Hilfsprothese hat ihm ein Kamerad angefertigt. Er musste damit schon dort wieder arbeiten und ist daher ziemlich geübt. Schließlich hat ihn die russische Ärztin auf die Entlassungsliste gesetzt. Die Frau Graichen hat laut geschrien, als der Sohn plötzlich auf dem Hof stand und auch der Vater soll geweint haben. Der Heimkehrer kam gerade recht, als Jochen wieder in die Schule musste. Dafür tut er nur das Nötigste. Trotzdem nickt ihm der alte Oberlehrer, der schon den Vater unterrichtete, befriedigt zu.

Der Mai 1947 ist da, mit Sonne, Regen, Kühle und Düften. Das Fuhrgeschäft mit Blücher ist doch nicht so ergiebig wie gedacht, aber die Kinder sind ganz wild auf die Touren. Rolf, der Zweite, ist von Jochen schon eingewiesen in alle Belange der Tierpflege, den Umgang mit Geschirr und Wagen. Vorsorglich denkt Jochen an den Beginn seiner Lehre ab September, die ihm nicht mehr viel Zeit für seinen »Hof« lassen wird. Die Hälfte des Eiergeldes soll dann der Rolf haben, wenn er alles zur Zufriedenheit des Ältesten erledigt.

Blücher wird von allen geliebt, weil er so lustig und zutraulich ist und sich mit Intelligenz in seine Rolle als Zugtier gefügt hat. Er ist dreifarbig gescheckt, nämlich weiß, schwarz und braun. Seine Hörner sind die einer Geis, weil er ja kein ganzer Mann mehr ist. Dafür riecht er nicht so streng, wie

Böcke sonst riechen, ... oder stinken. Sein Appetit ist riesig. Er ist nicht wählerisch beim Fressen und knappert an den unmöglichsten Sachen herum. Auf der Straße bleiben die Leute stehen, wenn Blücher mit dem Wagen kommt, in dem die kleinen Rabauken vor Freude quieken und jauchzen oder auch still versunken die Fahrt genießen.

Seit erstem September ist Jochen nun ein Buchbinderlehrling. Der alte Meister sagte: »Du bist wahrscheinlich mein letzter Stift. Gib dir Mühe, ich hab paar gute Jungs gehabt, zweie sind gefallen, zweie vermisst, einer ist Krüppel. Der kann unsre Arbeit nicht mehr machen«. Er lächelte und fügte hinzu: »Du musst die bald ersetzen«. In der Werkstatt werden ganz besondere Aufträge für Leipziger Verlage ausgeführt. Mit kunstvollen Einzelbänden als Ehrengeschenke für Entscheider und Einflussreiche muss die Produktion wieder angekurbelt werden. Man braucht von den Großen Lizenzen und Papier. Daher werden dem Meister edle Papiere, Leder und Pergamente anvertraut, die glücklicherweise die Bombennächte überlebt haben. Fasziniert ist Jochen, als der Meister mit Blattgold arbeitet und ihn aus nächster Nähe zuschauen lässt.

»Blase nicht! Sonst fliegt das Gold fort.«

Tags darauf ruft der Meister entsetzt:»Was ist denn das; Hast du das hier in der Hand gehabt«? - »Ja, Sie haben doch gesagt, ich soll es dort hinlegen.« Auf ein paar Bögen, die als Vorsatzblätter dienen sollen, sieht man Fingerabdrücke.

»Aber meine Finger sind doch immer reine«, sagt Jochen. »Zeig mal her! Ja, ganz feucht sind sie. Da kannst du diesen Beruf nicht lernen. Feuchte Hände sind Gift für Papier und alles hier; vergolden könntest du nie.«

Jochen hat einen Kloß im Hals; beinahe heult er los. Der Meister sieht, wie er kämpft.

»Hast du das Schwitzige schon öfter festgestellt?« - »Ja.« - »Horche zu. Also, du reibst dir jetzt jeden Abend deine Handflächen mit deiner… mit deinem Urin ein. Gucke nicht so. Das mein ich ernst. Drauf pinkeln, einreiben, trocknen lassen, schlafen gehen.« Jochen ist sprachlos, starrt auf seine Hände, dann zum Meister; doch der ist bereits zur Tagesordnung übergegangen.

Der Sonnenuntergang wird heute wunderbar sein. Seit einiger Zeit fällt dem Jochen so etwas auf. Er steht im Hof und will warten, bis die Sonne sich noch mehr rötet und verschwindet. Da hört er Holzsohlen schlurfen. Ein großer hagerer Mann in schlotternden grauen Sachen, mit einer zerquetschten Soldatenmütze kommt auf ihn zu.

»Papa?«

»Und du bist Jochen«, sagt eine tiefe, raue Stimme.

Der Junge rennt seinen Vater fast um, schlingt die Arme um ihn, schreit und schluchzt. Die Mutter, die Oma, und die Geschwister kommen gestürmt. Die herzzerreisende Begrüßung will kein Ende nehmen.

Jochen kann nicht schlafen. Immer und immer wieder läuft der Film dieses Abends ab. Und da fällt ihm auf, dass sich die Miene des Vaters kaum einmal verändert hat, dass ihm keine Träne geflossen war, wie der Mutter und den anderen. Nebenbei erinnert er sich des Geruchs, den die Kleidung verströmte. Der Vater roch, wie die sowjetischen Soldaten, nach Desinfektionsmittel.

Otto Kramer hat lange geschlafen, inspiziert nun Haus und Hof. Als Jochen abends nach Hause kommt, empfängt ihn der Vater so, als wäre er nicht erst gestern heim gekommen. Er vermeidet Nähe, will dies und das wissen, fragt kurz nach der Lehre.

Der Junge hatte es gar nicht erwarten können, nach Hause zu kommen. Der Meister freute sich auch über die gute Nachricht und ließ ihn eher gehen. Nun ist Jochen ganz beklom-

men durch das eigenartige, das befremdende Verhalten des
Vaters.

Es wird mit Macht Herbst. Otto Kramer geht abends in
den Gasthof. Vormittags trinkt er Bergarbeiter-Schnaps, den
Marga im Schacht bekommt.

Marga sitzt mit den Kindern beim Abendbrot. Da sagt
Rolf in die Stille: »Die Eierkasse hat er mir auch weggenom-
men«. Jochen springt auf und nimmt seine Jacke.
»Wo willst du hin«, ruft die Mutter.
»Ich geh jetzt in die Kneipe und hol ihn. Dann sagen wir ihm
unsre Meinung. Ohne ihn war's nämlich bei uns friedlich!«
»Du dummer Kerl, in dem Zustand ist das zwecklos.
Bleib hier!"
»Nein, ich muss raus.« Und weg ist der Junge.

Jochen macht vorsichtig die Tür der schwach erleuchte-
ten Gaststube auf. Nur am Stammtisch sitzen drei Männer.
Der Vater zeigt ihm den Rücken. Vom Wirt hinter der Theke
sieht er wegen der tiefhängenden Lampe nur die aufgestütz-
ten Unterarme und den karierten Bauch. Jochen zögert, hört
einen der Männer undeutlich auf den Vater einreden. Da
springt Otto Kramer auf, packt seinen Tischnachbarn am

Kragen und schreit ihm so heftig ins Gesicht, das er ihn mit Spucke bespritzt: »Pass auf! Wenn du mich noch einmal fragst, wie es in Russland war, brech' ich dir alle Knochen«. Er lässt den alten Mann auf den Stuhl fallen, wirft Geld auf den Tisch und dreht sich zum Gehen. Der Wirt bleibt stumm. Seinen Sohn sieht Kramer verdutzt an, schubst ihn wutentbrannt beiseite und taumelt auf die Straße hinaus.

Jochen geht ihm nach und spricht von hinten auf ihn ein. Er sagt, dass er sich seinen Vater anders vorgestellt hat. Ein paar bessere Erinnerungen von vor dem Krieg habe er noch. Otto bleibt stehen, packt seinen Sohn genauso wie eben den Mann und faucht ihm mit seinem fuselig stinkenden Atem ins Gesicht: »Was weißt denn du schon, hä? Kusch! Oder ich zieh andere Saiten auf. Was hast du überhaupt im Gasthof zu suchen? Dir werd' ich zeigen, wer hier den Hut auf hat«.

Er versucht den Jungen wegzustoßen, taumelt aber rückwärts und fällt am Straßenrand rücklings ins Gras. Jochen rennt weg.

Am nächsten Abend steigt Jochen aus dem Überlandbus, der ihn aus Leipzig bringt. Auf der Bank vor dem Haus sitzen seine drei Geschwister, blass und betrübt. Inge weint und wimmert. »Komm mit«, sagt Rolf.

Am Tor des Schuppens steht die Leiter; an ihr hängt ein ent-
häuteter Tierkörper. Ein weiß, braun und schwarz gescheck-
tes Fell liegt auf dem blutigen Pflaster. Inge wird von Rolf
weinend weg geführt. Harry lehnt sich schluchzend an den
großen Bruder. Die Mutter kommt und nimmt beide in die
Arme. Worte zum Trösten findet sie nicht.

Jochen geht hart auftretend in die Küche. Der Vater sitzt vor
einer Schnapsflasche, die noch dreiviertel voll ist. Jochen
springt zum Tisch, nimmt die Flasche und zerschmettert sie
an dem eisernen Kochherd. Der Vater steht auf und will den
Sohn schnappen. Doch der befördert ihn mit einem Stoß vor
die Brust zwischen die umstürzenden Stühle. Dann nimmt
Jochen Spaten und Schaufel zur Hand. Unter lautem Weinen
vergräbt er die Reste des geliebten Tieres am Gartenzaun.

Am folgenden Tag fragt Jochen seinen Lehrmeister, ob
er, der Lehrling, nicht lieber in dessen Dachkammer ziehen
könnte, wenn nun der Winter kommt und die tägliche Fahrt
in die Stadt beschwerlich oder unsicher wird. Der erfahrene
Mann sieht, dass da mehr im Spiel ist. Er fragt und Jochen
erzählt ihm alles.

»Der Krieg ist schuld«, sagt der Alte und denkt, dass der Junge versteht, was gemeint ist.

Der Meister und seine Frau nahmen den jungen Mann in Kost und Logis. Die verordnete eigenwillige Anwendung hatte Erfolg; Jochens Hände schwitzten nicht mehr.

Er wurde in seinem Fach ein Könner und der Nachfolger seines Lehrherrn.

Im Alter von über siebzig Jahren sagte Jochen zu mir: »Jedes Mal, wenn ich Ziegenleder verarbeiten musste, dachte ich an meinen lustigen Blücher«.

Nie mehr habe er vom Vater ein wenig Zuneigung erhalten, fügte er bitter hinzu. Erst spät im Leben habe er begriffen, dass Krieg auch die Seelen krank macht.

***

Die längste Zeit

Begegnung

Auf dem Treidelpfad am Elbufer betrachtete ich den Fortgang der Bauarbeiten an der Waldschlösschenbrücke. Ein großer weißhaariger Mann kam näher und sagte etwas dazu. Wir waren nicht zufrieden mit dem Tempo und äußerten, dass so etwas bei uns, vor allem *mit* uns als Chefs, früher fixer gegangen wäre. Wir stellten uns vor. »Hans-Jürgen Fritsch, Vornamen mit Bindestrich.« Unsere Meinungen stimmten überein. Das zufällige Treffen führte zu dem Bekenntnis, zu den Brückenbefürwortern zu gehören. Weil der Bau nur langsam vorankam, äußerte Fritsch bei unserem ersten Gespräch mir gegenüber seinen Wunsch, wenigstens nur einmal über die Brücke gehen zu dürfen oder zu können. Ich sagte, er würde sich noch mehrere Paare Schuhsohlen bei den Spaziergängen über die Brücke ablatschen. Er lachte und sprach von gesundheitlichen Beeinträchtigungen. Dann sagte er, er habe eine große Affinität zu Brücken. Immer wenn eine gebaut oder repariert würde, freue er sich. Das komme daher, weil er als Halbwüchsiger im Oder- und Berliner Raum so viele zerstörte Brücken hatten sehen müssen. Ich reagierte darauf neugierig. »Ha, da weeß ick jar nich, wo ick anfangen soll.« Wir saßen auf einer Bank am Elbwanderweg. Es war warm und mit dem Essen zu Hause war noch Zeit. »Ich trage, wie viele Leute unserer Jahrgänge, schlimme Erinnerungen mit mir herum. Trauer und Hunger sind darin Hauptsache. Von Anfang an zu erzählen, wäre hier und heute nicht möglich. Das würde zu lang. Wissen Sie was, ich fange beim Schluss an.«

»Klar, warum nicht«, sagte ich.

Nun Fritsch: »Vor drei oder vier Jahren bin ich mit meiner Frau im Auto nach Frankfurt-Oder gefahren. Wir hatten eine Anzeige gelesen und waren scharf auf die Sache. Am Telefon klärten wir mit der Frau, dass wir am Soundsovielten zur Besichtigung kämen. Ich freute mich auf die alte Heimat im restaurierten und neuerbauten Zustande.

Prima Fahrt!

Ich trete vor das Haus und denke: ›Mensch det kennste doch‹. Es war ein villenartiges Haus, nicht protzig, aber fein. Nach der Wende ist es wohl saniert worden, denn ich sagte zu meiner Frau: ›Proper‹. Da wohnte die alte Frau, von der wir ein gutes altes Grammophon mit Platten aus den Zwanzigern und Dreißigern kaufen wollten. Unser Sohn hat nun mal diesen Sammeltrieb. Das Ding sollte er zu Weihnachten kriegen. Die Frau empfing wahrscheinlich selten Besuch, denn sie tat als wären wir alte Bekannte. Sie wollte, noch ehe wir das Stück in Augenschein nehmen durften, zu Kaffee und Kuchen einladen. Als wir uns bisschen zierten, stülpte sie so eine alte Kaffeemütze über die Kanne und führte uns im Nebenzimmer das Grammophon vor. Tadellos, meinten wir, sichteten kurz die Platten und bezahlten den geforderten Preis ohne zu handeln. Auf einem Plattencover machte ich eine vollbusige Italienerin im geschlitzten Rock aus, die vor untergehender Sonne tanzte.

Der Titel: *Oh Donna Clara, ich hab dich tanzen gesehn …*

Nun tranken wir mit der Frau doch noch Kaffee und probierten den Kuchen. Ich wurde von meiner Frau angestoßen, weil ich ihr geistig abwesend erschien. Das war auch so, denn dieser Schlagertitel weckte in mir traurige Gedanken. Ich wendete mich daher aufmerksam der Frau zu und fragte, ob ihr das Haus gehöre. ›Ja‹, sagte sie, ›aber leider kann ich es nicht anknabbern. Ich muss immer mal etwas verkaufen. Meine Rente reicht nicht. Und die Kinder in Anspruch nehmen, will ich nicht. Die haben das Haus sanieren lassen, mit dem Hintergedanken, ich verkaufe es und ziehe zu ihnen. Ich weiß aber nicht, ob ich nach Schwaben will. Und dann hängen für mich so viele Erinnerungen an Haus und Garten.

Gute, lustige, traurige und solche von gleich nach dem Krieg, über die man erst später schmunzeln kann.‹

›Kommen da auch Kinder vor? Erzählen Sie mal, wenn es nicht zu persönlich ist‹, bat ich.

Sie dachte nach und begann: ›Na, das war so 1946 im Frühling, da steh ich in der Küche, die zum Garten raus geht, und rühre in meinem Fünf-Liter-Topf die Kartoffelsuppe, damit sie nicht anbrennt. Wissen Sie noch, was so eine Suppe wert war?‹

Wir nickten.

›Ich denk mir gar nichts weiter, da klirrt und poltert es im Wohnzimmer. Hier drin; Sie sehen, das geht zur Straße raus. Ich stürme hier rein, komme an das zerdepperte Fenster und sehe ein paar Jungen, die einen Stein rein geworfen hatten. Ich weiß nicht, was ich alles geschrien habe. Die Rüpel machten mir lange Nasen, steckten die Zunge raus und entfernten sich hüpfend und sich schupsend.

Ach, um Himmelswillen, schießt es mir in den Kopf, die Kartoffelsuppe!

Was denken Sie, was passiert ist? Mein Topf samt Suppe verschwunden, durchs offene Küchenfenster. Na solche Halunken, solche Bagaluden, denk ich und renne in den Garten. Kein Mensch zu sehen. Na klar, der Staketen-Zaun war ja schon bei irgendwem durch den Schornstein gewandert. Da hinten war damals noch lauter Buschwerk. Nun hatte ich für meine kranken Eltern und Schwiegereltern, die alle mit im Haus wohnten, nichts zu essen. War schrecklich. Aber irgendwann dachte ich, was die frechen Kinder, die sich so einen Trick ausdachten, für Hunger gehabt haben müssen, und dann hab ich über die raffinierten Kerlchen tatsächlich geschmunzelt. Ich war ja auch noch ganz jung. War nur noch die Frage, wer setzt mir ne neue Scheibe ein?‹

Fritsch sagte abschließend:»Ich hab den Kopf geschüttelt, meine Frau auch«.

Er sah mich an und grinste. Ich sagte:»Stopp! Ich weiß es. Der Junge, der den heißen Topf zum Küchenfenster raus gehalten hat, damit ihn ein anderer fassen konnte, waren Sie. Haben Sie es ihr gesagt«?

»Nein, ich dachte, dass wir dann ewig nicht weg kämen, weil sich eins ins andere fügt, was zur Erklärung notwendig wäre. Meine Frau kannte ja die Schnurre auch nicht. - Ach, die Topflappen hab ich vergessen. Haben wir mit dem Topf behalten, wollten ja auch mal selbst was kochen.«

Der Mann ist jetzt 80 Jahre alt. Er ist lang und hager, hat eine große Hakennase und äußerst wache blaue Augen. Ich nenne seinen Ausdruck, mit dem er die Geschichte erzählte, spitzbübisch. Sein spitzbübisches Greisengesicht machte ihn mir sympathisch.

»Ach ja«, sagte ich, »Sie sprachen davon, dass der Schlagertitel traurige Erinnerungen in ihnen geweckt hat, warum«? »Nee nee, det is ne janz lange Jeschichte. Andermal vielleicht. Meene Frau wartet bestimmt schon, wo ihr alter Zausel bleibt.« Manchmal verfällt Jürgen, wie ich ihn seit einiger Zeit nenne, ins Berlinische.

Wir verabschiedeten uns.

Was war es, das den alten Mann traurig machte? Ich wollte es wissen. Und er hat es mir berichtet, in einigen langen Sitzungen.

Ich darf es nun mit seinem Einverständnis erzählen.

Ich muss es erzählen.

Beinahe

Neuglobsow liegt am großen Stechlin-See, im Norden Brandenburgs, mitten auf der Achse Rheinsberg-Fürstenberg, nicht weit von der Grenze zu Mecklenburg. Es ist herrliches Seenland, umgeben von großen Misch-Wäldern.

Dorthin waren die Großeltern Fritschs zu Verwandten gezogen, bevor die Front von Osten langsam heran rollte, bevor Frankfurt an der Oder zur Festung erklärt werden sollte.

Die Mutter, Ilse Fritsch, damals 41 Jahre alt, begab sich mit ihrem 12-jährigen einzigen Sohn Hans-Jürgen ebenfalls dorthin. Die Zivilbevölkerung hatte Frankfurt verlassen müssen.

Vom Vater, Richard, 1900 geboren, wussten sie aus seinem letzten Feldpostbrief vom Dezember 1943, dass seine Truppe »auf dem strategischen Rückzug« war.

Für Jungen, welche schwimmen, angeln, paddeln, rudern, abkochen und biwakieren konnten, denen die Geländespiele des »Jungvolkes« wie grandiose Abenteuer vorkamen, war die Gegend ideal. Der Jungvolkjunge oder der Pimpf Hans-Jürgen Fritsch verpasste nie den »Dienst« und war den Ausbildern ein gelehriger Schüler, ein williger Befehlsempfänger. Erst im Januar 1945 war er Zwölf geworden. Mit Zehn war er in Frankfurt als Pimpf in das Jungvolk eingetreten. Die sogenannten *Schwertworte* wurden ihm eingebläut: »Pimpfe sind hart, schweigsam und treu. Pimpfe sind Kameraden, des Pimpfes Höchstes ist die Ehre«. Mit Vierzehn würde er dann endlich vollwertiges Mitglied der Hitlerjugend (HJ) sein, fast schon Soldat! Nun, da das Vaterland sich zunehmend in Gefahr befand, war die Ausbildung besonders intensiv, also häufig und lange. Große Jungen in der HJ genossen »Wehrertüchtigung«. Sich im Wald »unsichtbar« machen, jede Deckung geschickt und entschlossen nutzen, Pimpf Jürgen konnte das prima. Er glaubte fest, dass der »Volksturm«, verstärkt durch solche begeisterten Jungen wie ihn, den bolschewistischen Angriff auf Berlin aufhalten wird. Ach, wenn er doch schon ein Hitlerjunge wäre und mit kämpfen dürfte! Der Volksturm von Neuglobsow hatte im März Schützengräben und Löcher gegraben und Anfang April Stellung bezogen. Freiwillig trug Jürgen den Volksturm-Männern und Hitlerjungen das Essen und Trinken zu, hielt sich lange im Graben auf und ließ sich die Panzerfaust und den Karabiner erklären. Der Führer der Volkssturmeinheit war ein kriegsversehrter Feldwebel. Wenn er die Mütze abnahm, konnte man über der Stirn die lange Narbe sehen. Darunter sei eine Silberplatte, hieß es. Der erklärte dem Pimpf, die Wehrmacht würde die Russen einkesseln und vernichten. Denn da war ja noch die zu erwartende Wunderwaffe des Führers.

Der Endsieg würde kommen. Jürgen gab das an seine Horde weiter. Wer da auch nur leichte Bedenken hegte, wurde scharf zurechtgewiesen und genau beobachtet.

Die Beharrlichkeit Jürgens muss den alten Frontkämpfer beeindruckt haben, denn er unterrichtete ihn über die neue Eierhandgranate. »Die Eierhandgranate besteht aus Sprengkörper, Zündkapsel und Zünder. Bei Feindkontakt die Zündkapsel einfügen, den Zünder kräftig ziehen, wir zählen 21-22-23 uund Wurf!« Der Feldwebel verfügte über eine MPi. Auch die erklärte er dem Pimpf: »Magazin einführen, sichern, Einzelfeuer oder Dauerfeuer einstellen, entsichern und Feuer!« Dann zerlegte er die Waffe, ohne hin zu gucken und setzte sie wieder zusammen.

»Kann ich das nochmal sehen?«

»Morgen.«

Die sowjetischen Truppen hatten den Berliner Reichstag längst mit ihrer Sieges-Fahne versehen. Doch dem letzten Aufgebot in der Stellung vor Neuglobsow schenkten sie keine Aufmerksamkeit. Der Feldwebel war abkommandiert, hatte er gesagt. Da meinte ein alter Volkssturm-Mann, die Jungs könnten jetzt ohne Waffen nach Hause gehen. Die Armbinden mit dem Hakenkreuz sollten sie lieber auch hier lassen, sagte der Alte. Sie legten alles mit einigem Bedauern aber doch auch mit erlösenden Gedanken in einer Kuhle ab und warfen Altholz und Zweige darüber. Jürgen war bei der Auflösung dabei.

Die Sieger kamen doch noch nach Neuglobsow, um versprengte deutsche Soldaten, SS-Männer und Nazis aufzuspüren und weg zu bringen. Die Frauen und Mädchen suchten möglichst raffinierte Verstecke. Die Gruppen unter den Politkommissaren hatten aber keine Zeit, nach ihnen zu suchen. Das taten sie auch gar nicht mehr. Ihr dünnbesiedeltes Gebiet zu durchkämmen war zeitraubend. Sie durften an keinem Ort länger verweilen, als nötig war. Sie organisierten hastig die Verwaltung des Örtchens durch Antifaschisten und verschwanden. Andere kamen wieder und im, zum „Kulturhaus" umbenannten, Gasthof »Seerose« verkündeten sie mit musikalischer Umrahmung die Kapitulation Deutschlands vom 8.Mai und die neuesten Befehle der Sowjetischen Militäradministration. Im Nachrichtenkasten der Gemeinde hingen sie gedruckt mit der fetten kyrillischen Überschrift »Ukas Nomjer...« und daneben die Übersetzung »Befehl Nr...«
Sie organisierten die Versorgung mit Brot und Kartoffeln.

Der weite Weg

Am 4. Juni 1945 brachen Ilse Fritsch und Sohn Hans-Jürgen auf nach Frankfurt an der Oder. Die schöne Wohnung dort, der mühsam geschaffene Hausstand, die Heimat; was war daraus geworden? Bei den Verwandten war es wegen der Enge kein gutes Bleiben mehr, also los! Die Großeltern hatten längst resigniert und auch gar keine Kraft mehr für eine solch ungewisse Reise. Ilse nahm an: »Hier und da werden wir schon eine Mitfahrt kriegen, vielleicht fahren Güterzüge, ach, wie auch immer, wir kommen heim«. Dass schon regelmäßige Zugverbindungen bestünden, dazu machte sie sich keine Illusionen. Aber immerhin, auf ihrer Abmeldung aus Neuglobsow stand in Deutsch und Russisch, sie dürften mit der Bahn fahren. Der Bürgermeister Eichhorn hatte treuherzig vermerkt: »Ich bitte, die Personen passieren zu lassen«. Auf der Rückseite des Dokumentes ist der Text in russischer Handschrift zu lesen, einschließlich der in kyrillischen Buchstaben nachgemachten Unterschrift, die man »Aixchgorn« liest.

Mit dem unzerstörbaren Herrenfahrrad der Marke »Brennabor« beförderten sie das Gepäck, nämlich zwei Koffer, zwei Taschen und einen strammen Rucksack. Auf dem Rücken trugen beide jeweils auch einen leichteren Rucksack. Ilse trug in einer Tasche an einem Schulterriemen die Papiere, darunter auch das amtlich bestätigte Formular zur Anmeldung im Zielort. Darin war vermerkt, die Lebensmittelkarten seien im Bürgermeisteramt Neuglobsow ordnungsgemäß abgegeben worden. Eine kleine Barschaft, die Schlüssel und was eine Frau sonst noch braucht, steckte ebenfalls in der Tasche.

Ilse war stolz auf ihren Sohnemann. Was *der* alles bedachte! Die Fahrradkette und das Tretlager hatte er ausgebaut und tief im Gepäck verborgen. So wäre das Fahrrad für die Russen wertlos, glaubte er. Damit sich das Rad besser dirigieren ließ, bauten sie nach einigen Kilometern Wald-und Wiesenweg die Lasten um und befestigten sie am Rahmen straffer. Statt der Pedale trug ein kurzer fester Stock, der in der Muffe des Tretlagers steckte, die Koffer. Nun lag der Schwerpunkt der Last tiefer. Jürgen kam auf eine gute Idee, als es beim Anhalten keinen Baum zum Anlehnen des Lastenträgers gab. Er schnitzte aus zwei Haselnussstecken mit günstig sitzenden Astgabeln eine Stützvorrichtig. Einmal liegend, hätten sie das Rad kaum hoch bekommen, so schwer war es. Und außerdem würde alles verrutschen. Beim Schieben wechselten sie sich ab. Zum Zeitvertreib erzählten sie sich verschiedenes. Jürgen schwärmte von Hans Dominik, der einem die Zukunft voller technischer Wunder schilderte. Er sprach von

den Indianern und Trappern des Wilden Westens, den Fluss-
piraten des Mississippi, deren Listen und Heldentaten. In der
offenen Landschaft glaubte er die Prairie zu sehen und jeder
Strauch barg mögliche Überraschungen. Die Phantasie ver-
mengte sich mit dem Bewusstsein, dass tatsächlich immer
noch Gefahren lauern könnten.

Gerne hörte er immer wieder die Geschichte vom gegenseitigen Kennenlernen der Eltern. Wie Ilse dem Vater zuerst einen Korb gegeben hatte, als der auf der Kirmes mit ihr tanzen wollte. Wie er dann wochenlang seine Werbung hartnä-
ckig betrieb. Obwohl er der Ilse schon gut gefiel, ließ sie ihn
zappeln und amüsierte sich mit ihrer Freundin zusammen
über den verliebten Mann und so weiter.

Aus der Waldregion waren sie bald heraus und die Gegend wurde lichter, der Boden sandig. Die Kiefern dominier-
ten die Vegetation. Lange gingen sie schweigend. Da sang
Ilse unvermittelt: »Märkische Heide, märkischer Sand, du bist
meine Freude…«. Doch bei diesem »Freu-heude« brach sie
erschreckt in lautes Weinen aus. Sie überschritten gerade
einen Hügel und sahen dahinter aufgewühlte Erde, tiefe Ket-
tenspuren und mehrere Granatrichter daneben. Darin und
drum herum lagen Reste zerfetzter Kleidung, Tornister,
Stahlhelme, ein einzelner Stiefel, und nicht weit ein ausge-
brannter Panzerwagen mit dem deutschen Militär-Emblem,

dem »Eiseren Kreuz«. Die Anschauung der Kriegshinter-lassenschaften hatte unvermittelt begonnen und sollte für die Wanderer bis zur Unerträglichkeit fortdauern.

Sie hatten geplant, hinter Gransee in Richtung Zehdenik zu gehen. Das wäre die Richtung Süd-Ost gewesen. Aber die Straße war gesperrt, weil sie nicht nur total zerstört, sondern in Resten noch vermint war. So mussten sie in Richtung Oranienburg südwärts weiterlaufen. Etwa 30 Kilometer schafften sie am ersten Tag. Vor **Löwenberg** wichen sie in den Wald, um sich einen Schlafplatz zu suchen. Es war sehr kühl. Aber sie hatten Glück; sie fanden einen ehemaligen Unterstand. Sogar einige roh gezimmerte Pritschen befanden sich darin, auf denen sie zwar unruhig schliefen, aber sie konnten sich erholen. Sie fühlten sich durch ihre eigene Leistung ermutigt. Der Gedanke an die Heimat, die sie wieder-gewinnen würden, stärkte sie.

Heute, am zweiten Tag der Reise wollten sie Oranienburg östlich streifen und sich dann nach Osten wenden, um durch Bernau weiter bis in die Gegend von Werneuchen zu kom-men. So verabredeten sie es beim Studium der Karte. Sie konnten nicht wissen, was dieser Weg ihnen abverlangte.

Sie kamen am Konzentrationslager Sachsenhausen vorbei.

»Jürgen, guck nicht hin«, rief Ilse, selber von Ekel und Grauen geplagt. Aber diese Leichen, nackt, oder in der gestreiften Sträflingskleidung, nur mit Haut oder Stoff überdeckte Gerippe, ordentlich in einer Reihe liegend, waren so unerhört präsent.

Sie sahen über die Mauer hinweg einen Kleiderberg; Lumpen waren über die Höhe der Baracke hinaus gestapelt. Gleich am Tor lagen umgestürzte Fässer mit und ohne Deckel. Haare aller Schattierungen quollen draus hervor. Sie konnten sich das Gesehene nicht erklären. Männer in deutschen Uniformen ohne Schulterstücke und Abzeichen schaufelten eine große Grube aus. Ein Massengrab entstand außerhalb der KZ-Mauer. Deutsche als Kriegsgefangene, von jungen sowjetischen Soldaten bewacht, versuchten, deutsche Schande mit Erde zu bedecken.

Schneller wollten unsere beiden dem Leichengeruch entkommen, aber er wehte ihnen noch lange nach. Und selbst als sie schon weit weg, die letzten Moleküle längst verweht waren, hatten sie ihn noch in der Nase.

»Ich hätte immerzu laut schreien können«, sagte Fritsch zu mir. Was hatte er gesehen?
»Das KZ Sachsenhausen wurde am 23. April 1945 von sowjetischen Truppen befreit«, kann man im Internet lesen. Aber die Sache war kompliziert und höchst widersprüchlich. Von

30 000 Häftlingen waren 27 000 durch die SS in Gruppen auf die Todesmärsche nach Norden geschickt worden. 3000 nicht mehr Gehfähige ließ man zurück. Von ihnen starben noch hunderte an den Folgen ihres Martyriums. In Sachsenhausen muss es nach der Befreiung ziemlich chaotisch zugegangen sein. Das KZ war kein strategisches Ziel der Roten Armee gewesen, es wurde eher zufällig von einem Vorauskommando entdeckt. Und schnell kam es sogar unter den Gefangenen zu gegenseitigen Abgrenzungen. Die letzten Opfer sollen erst Ende Juli von den Sowjets entlassen worden sein. 1)

Wensickendorf, östlich von Oranienburg war der erste Ort, wo sie von hilfsbereiten Menschen für die Nacht aufgenommen wurden. Essbares hatten die Leute nicht zu bieten, aber ein Dach über dem Kopf. Ilse teilte ihren kleinen Bestand an Schmalzfleischdosen mit den Gastgebern. Die Feldbetten im Flur taten den müden Knochen gut, aber sie quietschten und knarrten, so dass es wieder ein ab und zu gestörter Schlaf wurde.

Auf den zwei Etappen zwischen Löwenberg und Bernau begegnete den Wanderern, was Krieg und Terror hinterlassen können. Nach dem Unfassbaren bei Oranienburg sahen sie auf den nahezu 30 Kilometern von Wensickendorf nach Wesow bei Werneuchen Granattrichter auf der Straße, an den Rändern zerstörte und ausgebrannte Panzer, umgestürzte Fahrzeuge jeder Art, und immer noch Tote. Tote in den Straßengräben, auf den Feldern, hier und da ein frischer Grabhügel mit Birkenkreuz und Stahlhelm. Seltsam verwirrt dachte Ilse, dass sie das alles immer ungerührter betrachten konnte. Sie hatten schon eine Gruppe Sowjetsoldaten beobachtet, die wohl erst einmal die eigenen Toten begrub. Bei Wesow, in **Werftpuhl** fanden sie in einer halbzerstörten Scheune ein trockenes und windgeschütztes Plätzchen zum Übernachten. Während Jürgen nach frischem Wasser suchte, es auch fand, kramte Ilse den Feldkocher und die Spiritus-Tabletten hervor, um Erbsen mit Speck in der Dose aufzuwärmen. Bisher hatten sie von Schnitten gelebt, die noch in Neuglobsow belegt worden waren. Sie besaßen von dort auch noch Zwieback, Kekse und russisches Dauerbrot. Trotz kühler Nacht schliefen sie gut. Am Morgen bereitete Ilse auf dem patenten Kocher Gersten-Kaffee; dazu gab es Zwieback.

Die Sonne schien und auch ungewaschen liefen sie guten Mutes los. Sie kamen aber auf dem geplanten Wege nicht weit. Sowjetische Soldaten erklärten die Straße für gesperrt. Über Felder und auf Waldwegen glaubte Ilse, die Richtung verloren zu haben. Der im Gelände ausgebildete Jürgen konnte aber den mehrmaligen Wechsel der Himmelsrichtung erkennen, der ihnen vom Verlauf der Wege aufgezwungen wurde. Sie waren schon müde, da kamen sie an eine Weggabelung mit dem Schild »Wriezen 5 km«. Nun konnten Sie mit der Karte den richtigen Weg nach Osten ausmachen. Genau lässt es sich nicht sagen, wie viel Kilometer sie an diesem Tage zurücklegten, aber sie waren irgendwann am Ende ihrer Kräfte. In den Ruinen eines zerschossenen Hauses stießen sie auf eine Gruppe Menschen, die auch in die Heimat zurück wollten. Deren Ziel war Schwedt.

Erst als man sich am Morgen trennte, die Fremden nach Norden, Ilse und Jürgen nach Süden, merkten sie, dass sie im ersten Gehöft von **Reichenberg** übernachtet hatten, besser, in seinen Resten.

An diesem Tag, dem vierten ihrer Reise, rächten sich die Strapazen des Vortages. Sie schafften vielleicht 17 oder 18 Kilometer. Der Ilse fiel es immer schwerer zu laufen. Bei **Gusow** gelangten sie in den Keller eines Bauernhauses, wiederum eines zerstörten.

Die Erschöpfung der Mutter war so groß, dass sie mit ihrem Sohn den Tag und die folgende Nacht dort blieb. Die Stelle lag abseits der Straße und konnte, hinter einem Hügel liegend, nicht eingesehen werden. Ilse sonnte sich sogar und sie machte Späße. Jürgen freute sich über die entspannte Mutter. Sie malten sich ihre neue alte Heimat aus, egal, ob ein bisschen was zerkratzt wäre. Trotz Geraschels der ansässigen Nagetiere schliefen die beiden tief und fest. Nach dem kargen Frühstück ordneten sie ihr Gepäck neu und machten sich auf.

Durch Seelow sich mühsam Weg bahnend, durchschritten sie eine Stätte des *totalen* Krieges. Häuser-Ruinen sah man wenige, dafür großenteils flach liegende Trümmer, nichts als Trümmer. Bei den Seelower Höhen und in dem Städtchen wollten die letzten Kräfte der Wehrmacht den sowjetischen Angriff stoppen. Beide Seiten erlitten höchste Verluste. Das konnten unsere Wanderer damals nur ahnen.

Gegen die 100 000 Mann der deutschen 9. Armee standen mit der 1. Weißrussischen Front 1 Million Rotarmisten. Gegen 512 Deutsche Panzer fuhren 3155 des Gegners auf. Die deutsche Artillerie verfügte über 344 Geschütze und 300-400 Flakgeschütze. Die gegnerische Seite setzte 16 934 Geschütze ein.

Die Opfer: 33 000 sowjetische und 12 344 deutsche Soldaten. 2)

Auf dem Wege nach Frankfurt kamen sie flott voran. Ilse summte wieder einmal ein Lied und Jürgen brummte dazu. Er war im Jungvolk Trommler gewesen. Die Mutter sagte, er sänge falsch, so und so ginge die Melodie. Sie amüsierten sich auf der Straße, die weit nach hinten und weit nach vorn nur ihnen gehörte. Die Heimat rückte immer näher, mit jedem Schritt. Ilse spürte neue Kräfte und bewunderte ihren tüchtigen Jungen.

Da näherte sich ein Brummen. Sie schauten sich um. Der sowjetische Lastkraftwagen fuhr in einer Wellenlinie. Als der Fahrer die Fußgänger ausmachte, fuhr er direkt auf sie zu. Das Fahrrad fallenlassend, sprangen sie in den Straßengraben. Der LKW hielt, auf der Plattform grölten Soldaten und brüllten Hurra, als er rückwärtsfuhr. Das Fahrrad samt Gepäck traf der böswillige Fahrer mit den Doppelrädern der Hinterachse hin und zurück. Er walzte alles kaputt.

Neun betrunkene Soldaten und auch der schwankende Fahrer sprangen ab.

»Frau komm, schnell schnell, fünf Minut, komm, komm, schnell schnell, dawai, dawai«, riefen mehrere durcheinander. Zwei oder drei plünderten das Gepäck, steckten ein, warfen auseinander. Als Jürgen sie hindern wollte, bekam er mit einem Gewehrkolben einen Stoß vor die Brust, so dass er in die Knie ging.

Da schrie Ilse um Hilfe. Der Junge stürzte zu ihr hin, die Salve aus einer Maschinenpistole pfiff über seinen Kopf. Er warf sich hin. Zwei fesselten ihn an den nächsten Baum und aus vielleicht zwanzig Metern Entfernung musste er zusehen, wie sie der Mutter die Kleider zerrissen, sie niederdrückten und was sie ihr alle nacheinander antaten.

Grölend und ihre speckigen Uniformen schließend, sammelten sie sich am LKW, soffen aus Flaschen, kletterten mit Mühe hoch und krakeelten weiter beim Abfahren.

Ilse erbrach und suchte sich zu bedecken. Da rief ihr Jürgen zu, dass er gefesselt sei. Auf allen Vieren kroch die Mutter heran und band ihn los. Sie war bei aller Schmach so froh, dass ihr Junge noch lebte, nicht erschossen worden war. Sie herzte und küsste ihn. Da nahm sie die unheimliche Stille wahr, welche nach der kollektiven Gräueltat eintrat. Unendlich gedemütigt, hilflos, mit einem nie geahnten Schicksal belastet, brach sie zusammen und lag vom Weinkrampf geschüttelt auf der Erde. Jürgen setzte sich so, dass er den Kopf der Mutter in seinen Schoß legen konnte. Sie weinten lange, lange, zusammen. Der noch nicht einmal dreizehn Jahre alte Junge konnte das Geschehen nicht begreifen. Die Mutter war nicht in der Lage Worte darüber zu finden. Was mag sie gedacht haben? Etwa:

»Er hat das Viehische gesehen, er weiß, dass an mir ein Verbrechen begangen wurde. Er wird das nie vergessen können. Wenn er künftig an seine Mutter denkt, werden die Bilder da sein. Was für ein Unglück für uns beide!«

Hat sie so gedacht? Es ist möglich.

Jürgen erhob sich und las die umher liegenden Sachen auf. Die Koffer waren von einem Bajonett zerschlitzt. Er rollte ein paar Sachen zusammen und legte das Bündel der Mutter unter den Kopf. Einen gefundenen Stahlhelm füllte er in einem Tümpel mit Wasser. »Wo ist das Wasser«, frug Ilse. Er wies ihr die Richtung. Sie schleppte sich hinter den kleinen Hügel und versuchte, sich zu reinigen. Der Junge hörte, wie sie der Brechreiz plagte.

Im Gebüsch fand er einen dickbauchigen aber ramponierten Kinderwagen.

»Was willst du denn mit dem Ding«, fragte die Mutter.

»Den bring ich in Ordnung. Dann können wir unsere Sachen da rein laden. Das Fahrrad ist hin, die Koffer auch.«

»Ich kann nicht mehr weiter.«

»Doch, doch, du kannst, Mutti, denn wir müssen nach Hause. So weit ist es ja gar nicht mehr.«

Er breitete eine Decke aus, die Mutter legte sich darauf und schlief unter schwächer werdendem Schluchzen ein.

Am Tümpel säuberte Jürgen den Kinderwagen so gut es ging.

Er fand noch einen halb verschimmelten Schulranzen. Diese Fundstücke stammten sicherlich von den Trecks der Flüchtlinge aus Ostpreußen, Pommern oder Schlesien, die hier durchgezogen waren. Zum Glück entdeckte er die Tasche der Mutter. An der Vorderachse des Kinderwagens, wo noch zwei Räder vorhanden waren, befestigte er einen Lederriemen zum Ziehen. Dann band er zwei lange Stöcke, aus einem Busch geschnitten, so unter den Wagen, dass sie als Schlepphölzer dienen konnten. Was erhalten war, packte er nun ein. Darunter war auch noch etwas zum Essen.

Er weckte die Mutter. Sie fanden heraus, dass in circa 3 Kilometern Entfernung der Ort **Friedersdorf** sein musste. Aber der Ilse wurde jeder Schritt zur Qual. Jürgen sah zur Seite ein Wäldchen mit einigen zur Hälfte umgeknickten Bäumen. Ilse folgte nur zu gern dem Vorschlag des Sohnes, dort einen Unterschlupf für die Nacht zu bauen. Zunächst mussten sie aber 200 Meter über ein verkrautetes Feld gehen. Jürgen brauchte noch zwei Gänge, um alle Sachen zu holen. Unverzüglich begann er einen der abgeknickten jungen Bäume für die Konstruktion einer Laubhütte zu nutzen. Was die Indianer und Trapper Karl Mays und Coopers ihn lehrten, und was er »im Dienst« geübt hatte, setzte er jetzt um. Hätten die Soldaten sein Messer entdeckt gehabt, wäre die Sache schwieriger geworden. - Die »Soldaten«-, durfte man die Verbrecher denn noch so nennen? Er fühlte eine unbändige Wut und gleichzeitig erkannte er seine absolute Ohnmacht gegen die Gewalttäter.

»Weitermachen«, sagte er sich, und rupfte Gras als weiche Unterlage. Hinter Büschen und kleinen Hügeln sammelte er trockenes Laub vom letzten Herbst. Sie würden eine gute Hütte haben.

Ilse war nicht untätig gewesen. Es gab Erbsensuppe und hartes russisches Dauerbrot. Die letzte Büchse hatte sie auf dem Kocher erwärmt. Doch sie selber konnte nichts essen. Daher blieb die Hälfte der Suppe übrig. »Sie wird schon noch essen«, dachte der Sohn. Aber bald schlief die Mutter. War ihr großes Schlafbedürfnis Vorbote einer Krankheit? Jürgen konnte nicht einschlafen. Weil er nicht satt war und weil die Gedanken rasten.

Er bedachte die letzte Zeit, seit er beim Volkssturm Kiebitz gewesen war: »Von der Wehrmacht spürte man dort gar nichts. Dann wurde geflüstert, dass sich auch keine SS-Leute mehr zur Kontrolle blicken ließen. Hatte sich der Feldwebel heimlich aus dem Staub gemacht? War das so? Denn die alten Volkssturm-Männer sahen plötzlich die Sache als sinnlos an. Sie entschieden, die Stellung aufzugeben. Die Angehörigen der Jungen sollten sich freuen, sie gesund wiederzusehen. Aber warum das Ganze, warum, warum... warum? Und was war jetzt mit der Ehre? Hatte er jetzt keine mehr? Hatten jetzt alle keine mehr? Was ist das überhaupt, die Ehre? Gibt's verschiedene Arten davon? Deutschlands Ehre ist bestimmt im Eimer; Krieg verloren, bin so enttäuscht. Die Sträflings-Leichen, hatten diese Menschen auch einmal eine Ehre? Strafe für die zehn Russen? Rache? Nicht möglich, durch ihn selbst nicht. Aber wer weiß. Also die haben keine mehr, die Drecksäcke. Jedenfalls Mutti hat Ehre, trotzdem. Ach, und dieser Weg. Die meisten Brücken zerstört, musste auf schwankenden Brettern oder über Pontons gehen. Das alles kann nie mehr wieder ganz werden. Wer soll das bauen?«

Jürgen schlief fest.

In der fast perfekt gedeckten Hütte hatten sie nicht bemerkt, dass in der Nacht Regen gefallen war. Ilse erwachte mit roten Wangen und heißem Kopf. Sie zwang sich aufzustehen und behauptete, es gehe ihr heute besser. Aber das klang ziemlich heiser. Mit dem Kocher bereitete sie den Malzkaffee, in den sie beide das harte Brot tunkten.

Ihr Ziel war heute **Lebus**.

Jürgen blickte immer wieder in das Gesicht der Mutter, welches wohl ein Fieber so aufgequollen machte. Und sie hatte fast keine Stimme.

Mit seinem Transportgefährt, das vorne fuhr und hinten rutschte, war es schwer, voran zu kommen. Erst auf der gepflasterten Chaussee glitten die Schleppstangen leichter. Ilse schob, aber in Wahrheit stützte sie sich eher daran ab.

Von hinten hörten sie Pferdegetrappel. Ein Gespann mit zwei kleinen Pferden näherte sich. Die auf dem Wagen sitzenden fünf Soldaten sangen. Ängstlich sah Jürgen seine Mutter an. Sie war ganz ruhig, oder war ihr alles egal?

Einer der berühmten Panjewagen, gummibereift, hielt an.

Der Kutscher fragte:»Kudá«? Was sagt der? Was will der?

Ein Soldat mit Brille und Schirmmütze machte mit zwei Gesten klar: Kudá heißt»wohin«.

Die Russen verstanden, was Jürgen sagte:»Frankfurt-Oder«.

»Nu dawai, saditjes, boshalsta!« Ihre Bewegungen waren eindeutig, die Landfahrer sollten aufsteigen.»Na schnell, setzt euch, bitte.« Jürgens Schleppwagen mit der»Bagasch« fand auch noch Platz. Erst nun entdeckten Ilse und Jürgen die Armbinden mit dem Roten Kreuz und auch die breiten besternten Schulterstücke des Mannes mit der Brille. Schweigend saß man da, dem weichen Ruckeln des Wagens ergeben. Da sagte der Offizier mit Bestimmtheit:

»Du, Frau, krank«.

Jürgen anschauend frug er:»Máma«? Jürgen nickte. Der Offizier fühlte an Ilses Stirn und zählte ihren Puls. Dann tastete er den Hals ab. Eine kurze Anweisung. Ein Soldat holte aus seiner Umhängetasche ein Glasröhrchen hervor, der Offizier, bezeichnen wir ihn ruhig als Arzt, entnahm eine weiße Tablette, die er der Ilse gab. Aus einer Feldflasche musste sie den Rest »Tschai« trinken. Der Arzt reinigte sich die Hände mit Kampfer und rieb auch den Flaschenhals ab.

Jürgen malte mit dem Finger 1 8 0 in seine Handfläche und machte dazu mit den Armen Gehbewegungen. »Ahaa, sto vosjemdesjat Kilometrow«.

Der Arzt erklärte, er und seine Männer wären schon von Moskau bis hierher gelaufen. Dann holte er aus seiner Brusttasche eine Hülle mit ein paar Fotos und sagte stolz: »Äta Moskwá! Äta maja Shénshdshina i maja Dótschka«. Eine Ansicht des Moskauer Kremls, seine Frau und seine Tochter zeigte er her und nannte die Namen. Ilse blickte ihn erstaunt an und betrachtete die hübschen Gesichter auf den Fotos. Der Kontrast zwischen dieser wahrhaft hilfreichen Begegnung und dem Geschehen von gestern überwältigte sie und sie weinte laut mit den Händen vor dem Gesicht und zu den Knien gebeugt. Jürgen machte den Soldaten deutlich, was seiner Mutter angetan worden war. Es herrschte wieder Schweigen, ernstes Schweigen.

Dann hub der Arzt an zu erklären, dass sowjetische Menschen gute Menschen wären, dass es darunter aber auch ein paar schlechte gäbe, dass »Gietler« sehr schlecht, »otschen ploxcho«, wäre und »kapuut« und dass es in Deutschland auch gute Leute, »xcharoschije Ljudi« gäbe. »Dá«, sagten die Soldaten.

Bei der Einfahrt in **Frankfurt** mussten sie die heimlich gehegte Hoffnung, dass es in der großen Stadt nicht ganz so schlimm aussehen würde, fallen lassen. Die kleinen Häuser längs dieser Einfallstraße waren total zerstört. Jürgen erkannte den Göpelberg und die Göpelstraße, wo er ein Krankenhaus wusste. Es stand noch. Über die Fassade verteilte Einschusslöcher zeigten an, dass es auch hier heiß hergegangen war. Die Soldaten diskutierten und man erkannte, dass sie unterschiedlicher Meinung waren. Der Arzt-Offizier gebot: »Moment, Moment«! und lief in das Krankenhaus. Nicht lange und er erschien wieder. Er sagte zu Ilse, dass Deutsche hier nicht aufgenommen würden, aber der Towarishtsch, der Kamerad, würde sie in das deutsche Lazarett bringen. Er betonte noch einmal, sie sei sehr krank und könne nicht »damoi«, nicht nach Hause gehen. Er grüßte militärisch. Das erste russische Wort, welches sich Jürgen gemerkt hatte, war »spasiwa«, danke, und er sagte das nun zu dem Offizier und an die Soldaten gerichtet. Sie lächelten und hatten doch einen traurig-zurückhaltenden Ausdruck in Haltung und Gesicht.

In der Halben Stadt, unweit des Theaters hielt der Panjewagen vor einem Behelfskrankenhaus. Der Soldat rannte
hinein und Jürgen hörte ihn kurz darauf brüllen. Dann kam
er mit einer deutschen Krankenschwester heraus, die der Ilse
vom Wagen half. Jürgen umarmte die Mutter, drückte sie
vielleicht zu fest und stammelte weinend vom Gesundwerden
und dass sie jetzt in ein schönes weißes Bett käme. Im Ein-
gang drehte sich Ilse Fritsch um und sagte etwas zu ihrem
Sohn. Aber ihre Stimme war zu schwach, als dass er sie hätte
verstehen können.

Eine Schwester hatte ganz gefühlsneutral erklärt, er müsse
jetzt sehen, wo er bleiben könne.

Der Soldat schaute den Junge an und sagte:»Itjom damoi.«
Dazu machte er mit Gesten deutlich, Jürgen solle ihm die
Richtung weisen. Die Bäume des Lenné-Parks an der Halben
Stadt (so heißt die Straße) sahen zerfetzt aus oder lagen bereit
zur Gewinnung von Brennholz.

In der Kietzer Gasse, vor dem Hause der Großeltern, luden
sie den Kinder-Schleppwagen ab. Der Soldat saß auf und
winkte kurz. Kaum hörbar war sein Laut, bei dem die Luft
durch die gespitzten Lippen eingesogen wird, und seine
Pferdchen trappelten, immer noch munter und jetzt nur mit
kleiner Last, davon.

Jürgen schaute sich um und stellte fest, das Bollwerk, das Haus und natürlich die Oder, sahen aus wie immer. Aber die steinerne Brücke war kaputt. Ach, das Haus, na Gott sei Dank, aber die Mutti ist nicht da. Und er musste wieder schlucken.

Den Kinderwagen zottelte er bis in den Hausflur und stieg die Treppe hoch zur Wohnung. Da war Bewegung drin. Er pochte an die Tür, eine fremde Frau öffnete und sagte zu ihm in einem verletzenden Ton, er solle sich davonmachen. »Troll dich«, sagte sie. Das hier sei jetzt ihre Wohnung, hier sei ihre Familie mit einem Schein vom Amt eingewiesen. »Du hast hier nichts zu suchen!« Damit schlug sie die Tür zu.

Die tiefe Traurigkeit und die permanente Angst machten ihm die Brust eng. Er spürte einen physischen Schmerz.

Jürgen war voll Kummer und in absoluter Ratlosigkeit auf der ersten Stufe unten im Treppenhaus eingeschlafen. Da rüttelte ihn jemand sanft an der Schulter und er hört eine warme Frauenstimme seinen Namen sagen. Es war Frau Kutzke, die über seiner Familie gewohnt hatte und jetzt wieder wohnte. Sie nahm den Jungen mit zu sich in ihre Wohnung. Aber dort lebte noch eine alte Frau, die sich gerade in der aggressiven Phase einer Demenz befand und den fremden Jungen scheel oder feindselig anblickte. Den Herrn Kutzke durfte Jürgen nur von weitem begrüßen, denn der war schwer krank. Er litt an Tuberkulose und an Ruhr. Frau Kutzke gab dem Jürgen ein Stück Brot. Wasser wolle sie erst abkochen; so einfach dürfe man das nicht trinken. Sie legte das Brot hin und Jürgen verspürte das ungesagte: »Na hier, es muss sein. Aber das Brot fehlt uns«. Trotzdem hielt sie den Jungen ab, zu gehen. Er konnte ja auch nicht sagen, wo er hin wollte. Und so blieb er fürs Erste.

Mehrmals täglich ging er zu dem Krankenhaus, welches er nicht betreten durfte. Er erfuhr schließlich, dass seine Mutter auf der Isolierstation läge, weil sie eine ansteckende Krankheit habe. Welche, sagte die Schwester nicht.

In der Nacht zum 14. Juni schlief er so gut wie nicht. Die alte Frau stieg immer wieder aus ihrem Bett und geisterte in der Wohnung umher, bis sie von Frau Kutzke mit viel Aufwand wieder in das Bett gezwungen wurde. Herr Kutzke hustete und spuckte fortwährend.

Jürgen erschien um 9:00 Uhr vor dem Krankenhaus. Man hatte ihn erwartet. Denn eine ältere freundliche Schwester winkte ihm und führte ihn in das Schwesternzimmer. Jürgen musste sich auf das Nachtschwestern-Sofa an einen kleinen runden Tisch setzen. Er konnte in der Miene der Frau keine Auskunft ablesen. Sie ging geschäftig umher und setzte ihm einen Teller vor. Darauf lag eine große Weißbrotschnitte

mit Marmelade bestrichen. Auch einen Pot Tee, Kranken-
haus-Tee, bekam er.

»Iss, mein Junge!« Jürgen schlang, fast ohne Luft zu holen.
Die Schwester setzte sich zu ihm und nahm seine Hände in
die ihren. Da fing der Junge an zu schluchzen, denn wie hätte
er eine solche Zuwendung erfahren können, steckte nicht
eine schlimme Nachricht dahinter. Die Schwester sagte: »Du
weißt schon, dass ich dir nichts Gutes zu sagen habe«? Er
nickte mit gesenktem Kopf. »Wir konnten deiner Mutti nicht
mehr helfen, wir haben auch keine Medikamente mehr. Sie
ist letzte Nacht gestorben. Ohne noch etwas zu merken, ist
sie eingeschlafen«. Jürgen legte die Stirn auf den Tisch und
weinte hemmungslos. Die Schwester wusste, das würde ihm
Erleichterung verschaffen. Sie strich ihm über das Haar.
Dann stand sie auf und holte aus einem Schrank Ilse Fritschs
Tasche. Sie zeigte ihm das Geld, die Uhr und den Trauring
der Mutter.

»Kann ich sie noch einmal sehen?«

»Leider nein. Sie ist schon begraben. Auf dem Friedhof.«

Offenbar vermied sie die Frage, was er nun machen würde,
weil sie auch keine Lösung gewusst hätte. Jürgen dachte an
den Vater und die Großeltern. Der eine befand sich irgendwo in unbekanntem Land, hoffentlich in der Gefangenschaft,

die anderen weit weg, nur mit ihren Altersbeschwerden beschäftigt.

Die erfahrene Krankenschwester bediente sich bezüglich des
„Einschlafens" offenbar einer Barmherzigkeits-Lüge. Auf dem
Totenschein steht, dass Frau Ilse Fritsch, geborene Enkel-
mann, geb. am 28.06.1903, am 14. Juni 1945 im Städti-
schen Krankenhaus, Halbe Stadt 7, an Kehlkopf-Diphtherie
gestorben ist. 4)

Er saß auf der einzigen Planke einer zerborstenen Bank,
und seine Augen waren trocken. Der Tränenfluss war ver-
siegt. Er hatte wieder vor Erschöpfung und Hunger geschlafen. Die Sonne stand schon kurz über der Silhouette der
Häuser und Ruinen, als er erwachte. Neben ihm lag die Tasche der Mutter, als er sie ergriff, war es, als ergösse sich ein
Schwall von Schmerzen über ihn. Und er schrie:»Nein«.
Schmerz, Wut und Auflehnung gegen sein Los äußerten sich
in diesem unbändigen Schrei, der niemanden erreichte.

Er merkte, hier konnte er nicht bleiben und der Gedanke
an Kutzkes schreckte ihn. Da stand er auf und lief durch den
Park, irrte durch Trümmer zum Bahnhof. Dort sah er Kinder
bei den Russen betteln. Er wendete sich ab und verkroch sich

schließlich in einer Mauernische unter einem Trümmervorsprung.

Er hatte tief und fest geschlafen, wie es wohl nur Kindern vergönnt ist. Geweckt wurde er von einem Geschrei. Er schaute sich verschlafen um und war plötzlich hell wach. Da schwenkte doch einer die offene Handtasche der Mutter. Auf den ging er los, spürte aber, dass er gegen den Burschen nichts ausrichten konnte. »Mensch, das ist die Tasche meiner Mutter, die gestern gestorben ist.« Der große Rüpel sah ihn an und sagte: »Erzähl«. Sofort hockten sich mehrere Jungen hin. Als Jürgen seine Geschichte halbwegs erzählt hatte, übergab der Anführer die Tasche. Er langte in die Hosentasche, und reichte dem Jürgen mehrere 100-Markscheine. Auch die kleine Damen-Uhr und den Trauring gab er zurück. Dazu sagte er: »Unseresgleichen beklauen wir nicht«. Darauf frug er: »Was willst du nun machen«? Jürgen zuckte mit den Schultern und sagte: »Mal sehen«. – »Na, wir sind hier und überall. Das sind alles Waisenkinder«, sagte der Chef der Bande. Sich selbst klammerte er aus, er war ja in den eigenen Augen kein Kind mehr.

Frau Kutzke fragte nicht, wo er die Nacht über gewesen sei, sondern: »Deine Mutti ist wohl gestorben«? - »Ja.« Sie nahm ihn in den Arm. Diese Nacht schlief er noch einmal bei der Familie. Frau Kutzke begleitete ihn zum Friedhof, wo sie sich nach den frischen Gräbern erkundigten. Das waren nicht wenige. Es wurde ihnen ein Hügel gewiesen. »Massengrab« war für Jürgen ein unaussprechlicher Begriff. Seine Mutti in einem Massengrab. Das war so schrecklich. Er legte den Strauß Wiesenblumen auf den ansonsten nackten Erdhügel. Er merkte sich die am Kopfende des Haufens stehende junge Birke, damit er das »Grab« wiederfinden könnte. Er dachte auch hier wieder, welches wohl die letzten Worte seiner Mutter gewesen sind. Nichts davon war ihm geblieben.

Im Hause fragte die Frau Kutzke, was er nun machen wolle. Deutlicher ging es nicht. Aber das kam ihm entgegen. Er hatte gemerkt, wie man ihm auf jeden Bissen schaute, er sah, wie die Hausfrau das Brot einschloss. Die Umstände waren insgesamt nicht gut zu ertragen. Er hatte sich eine Geschichte ausgedacht und erfand Verwandte in Güldendorf, die ihn aufnähmen. In der Bodenkammer durfte er die Sachen seiner Mutter und von sich zum Aufheben ablegen, bis er sie später abholen würde. Sein kleiner Rucksack, den er sorgfältig packte, enthielt jeweils ein Hemd, Unterhemd, Hose, Handtuch, Zahnputzglas und Bürste, Kamm, HJ-Fahrtenmesser, Schere und den Feldkocher. Außen herum schnallte er eine zusammengerollte Decke.

Die Waisenkinder fand er bald und er durfte mit ihnen gehen.

Die Bande

Der Chef der Bande, 15 Jahre alt, hieß mit Spitznamen »Pickel«. Seine Akne blühte. Der legte fest, Jürgen sei ab nun »der Lange«. Dann war da »Schlägerkalle«, 14, der mangelnde Intelligenz mit den Fäusten ersetzen wollte. Im »Dicken«, 13, lernte Jürgen einen trägen, aber listenreichen Bengel kennen. Dick war er eigentlich nicht. Er hatte nur so ein rundes Gesicht mit kleinem Mund, sein Körperbau war kurz, gedrängt, stuckig, um es norddeutsch zu sagen. Manne, 10-11, war ein Daumenlutscher und spielte gern den Clown der Truppe. Einer hieß Böcke, 9-10, und weil er viel heulte und verweichlicht schien, war er die »Memme«. »Orgie«, 12, war ein ernster Pole. Karl-Heinz, 10-11, nannten sie »Muttersöhnchen«. Und eines Tages kam noch ein kleiner Junge dazu, der Juri. Er war vielleicht 5 bis 6 Jahre alt. Dieses Bürschchen hatten sie am Oder-Ufer gefunden, als sie mit einer Handgranate »fischten«. Sie erschraken, als der magere und blasse Junge unvermittelt da im hohen Gras kauerte. Einer packte ihn am

Hinterkopf und drückte ihn an die Erde, als die Granate abgezogen und schon auf der Wurfbahn war. Das Detonationsgeräusch, durch das Wasser gedämpft, die hohe Fontäne mit Schlamm vermischt, waren kaum vergangen, da wateten sie in das Wasser, um die kleinen Weißfische zu sammeln, die tot, Bauch oben, oder auf der Seite liegend, schwammen. Der kleine Fremdling mit hohlen Wangen und schwarzen Augen sagte »Juri, Juri...«. Er sagte noch mehr, aber in einer total unverständlichen Sprache, in einer Fremdsprache eben. »He, was machst du hier, kannst du gar nicht richtig reden«, herrschte ihn Schlägerkalle an.

»Juri, Juri...«, und ein Gestammel folgte.

Jürgen hockte sich hin, nahm die dreckigen Händchen in die seinen und fragte: »Heißt du Juri?« – »Juri«, sagte der Kleine nickend. Mit dem Zeigefinger wies er auf seine Brust. »Wo ist deine Mutter?« Er verstand nicht. Da probierte es Jürgen mit »Mama«. Dieses Ur-Wort kannte der Kleine, denn er sagte es mit einem hilflosen Kopfschütteln. Seine Augen sahen matt und müde aus.

Die Bande musste aufbrechen, denn es konnte ja sein, dass irgendwer nachschauen wollte, was das mit der Detonation gewesen war. Jürgen nahm den Kleinen an die Hand und antwortete nicht auf die Fragen der anderen, was er mit

»dem« wolle. Aber alle wussten, dass Juri allein keine Überlebenschance hätte. Nun waren sie zu neunt.

Manne, der Kasper sagte: »Der lange Lorbass hat ´ne kleene Wanze«. Er klang schlesisch und quirlte das R hinter den oberen Schneidezähnen.

»Schnauze, Daumenlutscher«, gab Jürgen zurück.

Die ganz auf sich gestellten Kinder kannten nur zwei Hauptgedanken: Was kriege ich zu fassen, damit ich essen kann? Und, wo kann ich heute Abend einen Schlafplatz finden. Vergangenheit und Zukunft waren für sie keine Kategorien. Nur das Heute zählte. Und immer waren sie in Anspannung. Immer hieß es: »Achtung, aufpassen, denken, rennen, zupacken, rennen! Schleichen, rauben, verstecken“ und vielleicht „essen, schlafen«.

So lange es Sommer war, fanden sie das Übernachten im Freien oder in den Trümmern ganz erträglich. Sie bettelten bei den Russen, die ihnen auch immer gaben, wenn sie selbst etwas hatten. Am ergiebigsten war das Betteln auf dem Güter-Bahnhof zwischen den Gleisen, wo die Züge mit heimkehrenden sowjetischen Soldaten auf die Abfahrt warteten. Hier machte sich Orgie, der Pole, nützlich, weil er ganz gut Russisch sprechen konnte.

Die Männer gaben großzügig von ihrem Brot, auch von ihren Dosen mit Schmalzfleisch.

Aber es gab Tage ohne Essen. Daher ging die Dankbarkeit Jürgens nicht so weit, dass er Ehrfurcht vor dem Eigentum der Roten Armee gehabt hätte.

Beim Herumlungern beobachtete er, wie die klapprigen kleineren LKW Mühe hatten, wenn sie voll beladen die steile Göpelstraße hochfahren mussten. Irgendwo war in der Gegend ein Materiallager der Russen. Jürgen sah einen mit Autoreifen beladenen Lastwagen. Wenn man da einige klauen könnte, ließe sich allerhand dagegen eintauschen. Die Jungs hatten schon spitz gekriegt, dass ein großes Tauschen und »Organisieren« im Gange war. Bald kannten sie das Wort vom »Schwarzen Markt« und dachten nach, wie man dort mitmischen könnte.

Bei nächster Gelegenheit sprang Jürgen auf einen Wagen mit diesem Ladegut und ließ vier Reifen die Straße abwärts rollen. Pickel und Manne fingen sie ab und rollten sie schnell hinter einen Mauerrest. »Knorke, das hat geklappt«, sagte Pickel.

»Na, können wir ja wiederholen«, sagte Jürgen.

Das hätten sie mal lieber bleiben lassen sollen, denn beim nächsten Mal erwischten die Soldaten den Dieb. Sie schossen scharf hinter ihm her, er legte sich hin und spürte auch gleich einen harten Stiefel im Nacken. Er musste aufstehen, ein Gewehrlauf drückte schmerzhaft in den Rücken. Er bekam

Schläge mit der flachen Hand auf den Hinterkopf aber auch Püffe in die Rippen und kräftige Arschtritte. Ab zur Kommandantura! Zum zweiten Male hatte er das unheimliche Zischen der Gewehrmunition über seinem Kopf gehört.

Im Keller der Kommandantur in der »Gelben Presse«, so hieß die Straße, saßen etwa zwanzig deutsche Männer, junge und alte. Jürgen war das einzige Kind.

Ihre selbst gestellte Prognose lautete: »Ab nach Sibirien«.

Verhöre unter Schlägen, tausendmal die Frage nach den Komplizen und Auftraggebern, wieder Schläge, endlich wieder auf dem Strohlager, so vergingen etliche Tage und Nächte. Ein älterer Mitgefangener sagte eines späten Abends, als die Russen ziemlich laut sangen: »Los, ich helfe dir durch die Kellerluke. So dürre wie du bist, schaffst du das. Wenn der Kopf durchpasst, bist du schon so gut wie draußen. Heute Abend merken die nichts mehr«. Kein Abschiednehmen, nur ein schwaches Dankeschön zu dem Helfer, der die Räuberleiter machte, und Jürgen quälte sich durch die Luke. Jetzt stand er im Hof. Vorsichtig schlich er zum Gittertor. Das stand offen, weil es ja bewacht wurde. Aber die wackeren Wächter waren besäuselt. Doch sie bemerkten Jürgen zwischen den Tor-Pfosten und riefen ihn an. Kaltblütig geworden, rannte er nicht weg, sondern tat, als käme er eben von draußen, weil er »bolschoi Hunger« habe.

Mit der rechten Hand vor dem Magen krümmte er sich.
Die beiden armen Soldaten gaben ihm eine Handvoll Hartbrot und eine halbvolle Schachtel *Papyrossi* mit dem berüchtigten *Machorka*. Einer sagte barsch:»Nu dawai, damoi, k Mámje!« Jetzt rannte Jürgen. Aber ein Zuhause mit einer Mama gab es nicht.

Im August 45 strolchten sie durch ein Quartier der Stadt, welches total zerstört war. Sie balancierten einen flachen Berg von Ziegelsteinen, Dachziegelresten und Mörtelbrocken hoch. Der Stummel eines Schornsteines mit quadratischem Querschnitt ragte etwa einen Meter aus dem Berg heraus. Pickel, der Anführer, sagte:»Halt stopp, hier ist was«. Er schnüffelte in der Luft und sagte dann:»Hier riecht's wie im Hof beim Krematorium, nach Leichen«. Er ordnete an, dass Jürgen, der»Bleistift« hinab zu rutschen hatte. Man konnte von oben sehen, dass unten eine mit Bauschutt beschüttete Fläche war, dass der Schornstein nicht in der ausweglosen Finsternis endete.

»Und wie komm ich wieder hoch?«
»Bis dahin haben wir unseren Strick geholt.« Pickel schickte einen Jungen zum Versteck, ein Seil, sowie zwei Kerzen und Streichhölzer zu holen.

Lang war der Weg Jürgens nicht. Unterhalb der Kellerdecke war der Fuß des Schornsteines geplatzt. Einen Strick würden sie kaum brauchen, hatte Jürgen gemeldet, denn da war genug Stapelbares im Raum. Pickel und Schlägerkalle kamen nun nach.

Sie öffneten eine Stahltür und erschraken bis ins Mark. Um einen runden Tisch lagen die Leichen von zwei SS-Männern neben umgestürzten Stühlen. Eine der schwarz uniformierten Leichen mit den berüchtigten Runen am Kragenspiegel saß oder lag vornüber gekippt am Tisch. Die Tischplatte war mit leeren oder halbvollen Flaschen vollgestellt. Vielleicht hatten sie den Anschluss verpasst? In der Gewissheit, dass die Russen mit ihnen kurzen Prozess machen würden, füllten sie sich ab und gaben sich selbst die Kugel, könnte man denken. Genau in die Gesichter der Toten zu schauen, getraute sich kaum jemand, weil es keine solchen mehr waren. Drei Pistolen lagen am Boden. Keiner der Jungen fasste eine davon an.

Pickel war mit dem Zählen der vielen Konservengläser und Büchsen beschäftigt, die in zwei Regalen an der Wand standen. Es waren an die 200 Stück. Keiner durfte davon etwas anrühren, ehe die Inventur beendet war. Der Chef suchte mehrere Divisionsaufgaben zu lösen, um festlegen zu können, wie viel von der oder jener Sorte gerecht zu verteilen wären. Oder er kalkulierte, wie lange der Vorrat bei einer

Rationierung reichen könnte. Aber die Bande war nicht zu halten und das große Fressen begann. Hühnerschenkel in Soße, Gulasch, Cornedbeef, Schmalzfleisch und allerlei anderes schlangen die Hungrigen nur so in sich hinein, bis Pickel plötzlich brüllte:»Halt, wenn ihr so weiter fresst, kotzt ihr bald alles wieder aus. Unsere Mägen sind das gar nicht gewöhnt, so viel Fleisch und Fett. Alles hinstellen«! Das war ihm gerade noch rechtzeitig eingefallen. Wie Recht er hatte, sahen die meisten ein, weil ihnen schon schlecht war.

Die Bande beriet nun, ob man in dem Gestank bleiben wolle, oder alles ausräumen sollte.

»Wir gewöhnen uns schon dran«, war die Meinung des Dicken. Andere sagten:»Nee, heute geh ich keinen Schritt mehr«. - »Ja, und erst müssten wir wieder klettern. Und wer stemmt immer den Kleinen hoch?« Juri verstand von allem kein Wort. Dass man ihm sein Essen weggenommen hatte, monierte er weinerlich in seiner unverständlichen Muttersprache. Sein Pate, der Jürgen, machte ihm klar, was mit seinem Essen passieren könnte und sperrte, mit der Hand an der Kehle, den Mund mit heraus hängender Zunge auf.

Den mit einem halben Stein provisorisch vermauerten Durchbruch, mit einem senkrechten Pfeil aus Schlämmkreide darüber, entdeckten sie jetzt beim direkten Beleuchten der Wand. Gut, dass der Reichs-Luftschutz solche Durchbrüche zu Nachbar-Kellern angeordnet hatte. Sie stießen die leichte Wand ein und räumten alles Ess- und Nutzbare in den neu entdeckten Keller des ehemaligen Nachbarhauses. Dann versuchten sie, die Stahltür mit zwei eingeklemmten Decken gegen den Leichengeruch abzudichten. Irgendwie muss das wirksam gewesen sein, denn sie blieben in ihrem Versteck. Sie konnten es sogar ziemlich erhellen, mit der Petroleum-Laterne vom Tisch der toten Trinker.

In diesem Keller spürten sie einen leichten Luftzug durch die locker verschütteten Kellerfenster.

Die müden Streuner streckten sich auf den Feldbetten aus und deckten sich mit gerade erbeuteten Filzdecken zu. Schwarz auf grau stand darauf: »Heer«.

Am Morgen aßen sie wieder kräftig und Jürgen kochte auf seinem Feldkocher mittels des ebenfalls gefundenen Sprits Wasser zum Trinken ab. Pickel hatte verboten, an die Bierflaschen zu gehen. Sie könnten dann nicht gut rennen, wenn es nötig wäre. Die zwei noch geschlossenen Cognac-Flaschen und ein paar Zigaretten-Packungen steckte er in seinen Rucksack.

Einige Tage waren vergangen. Bisher hatten sie um die Waffen der Toten einen Bogen gemacht. Pickel achtete streng darauf, dass die an dem Platz blieben, den er dafür in einer Mauernische bestimmt hatte. Der Anführer nur durfte eine Eier-Handgranate und eine Zündkapsel aus der fast kompletten Kiste entnehmen, wollte man »fischen«. Er war auf seine Weise weitsichtig, denn er brachte am nächsten Tag mit Manne eine Anzahl Eier-Handgranaten in ein anderes Versteck, außerhalb des Kellers. Zu seiner Strategie und Taktik gehörte es, die »Quartiere« zwischen der zerbombten Innenstadt und dem gleichfalls schwer zerstörten Industriegebiet im Norden der Stadt von Zeit zu Zeit zu wechseln.

Außer den vielen Wurfgeschossen »besaßen« sie 98 Magazine für drei MPi und vier Kisten Gewehrmunition. »Mensch«, sagte der Dicke, »wir könnten ja richtig Krieg spielen.« - »Du Pfeife doch nicht«, warf Jürgen hin. Er prüfte eine MPi, ob sie gesichert war. Aus Jux und Tollerei, sie waren alle satt, markierte er den aus der Hüfte schießenden Kämpfer. Der pickelige Pickel sagte: »Du kommst dir wohl großartig vor, was? Kannst ja gar nicht damit umgehen, Angeber«. Er sagte das mit Groll, denn er wachte darüber, dass ihm keiner seine Stellung streitig machte, bloß weil der vielleicht etwas Bestimmtes leisten konnte.

Jürgen manipulierte kurz und präzise, hatte das Magazin auch schon in der Hand. Er sagte, dass es voll wäre. Dann hakte er es wieder ein und stieg durch den Schornstein hinaus ins Freie. Natürlich folgten alle nach. Juri wurde gezogen und geschoben. Die ungute Lust an dieser Waffe war groß und

Jürgen wollte unbedingt einen Schuss daraus abfeuern. Pickel rief: »Lass die Scheiße, wenn die Russen das hören«. Aber da machte Jürgen den Finger schon krumm. Und was dann kam, sollte er sehr bereuen. In der Aufregung hatte er nicht bemerkt, dass der Hebel auf Dauerfeuer stand. Als die Salve heraus war, rief hinter einer Deckung ein Sowjetsoldat: »Ergib dich, Hände hoch«! Jedenfalls begriff Jürgen, was die russischen Worte zu bedeuten hatten. Er legte die MPi nieder und konnte noch feststellen, dass seine Truppe verschwunden war, wie vom Erdboden verschluckt.

Er stand mit erhobenen Händen, sein Schicksal erwartend.

Zwischenspiel

Die fünf Mitgefangenen halfen dem jeweils vom Verhör Kommenden über den ersten Schmerz. Zum Abwischen des Blutes hatten sie nichts als Lumpen. Wasser gab es erst am nächsten Morgen. Im schlimmsten Falle wurde einer an den Füßen ohnmächtig in die fensterlose Kellerbucht geschleift, in der sie hinter einer Feuerschutztür eingesperrt waren. Auch dem Jürgen passierte das. Er stand unter der Anklage, ein »Wehrwolf« und »Faschist« zu sein.

Das Untergrundkommando *Wehrwolf* hat es gegeben, aber Jürgen hatte damit, wie wir wissen, rein gar nichts zu tun. Stundenlang wiederholte er, aus Leichtsinn die Waffe probiert zu haben. Auch wenn er geschlagen wurde, sagte er nichts, was eine Anklage gerechtfertigt hätte. Die Mitgefangenen hatten sich unter der geistigen Führung eines Mannes um die Sechzig gemeinsam dazu entschlossen, nichts als ihre Unschuld zu beteuern. Denn, so war die herausgearbeitete Meinung, sie würden so oder so in die Sowjetunion, nach Sibirien verschleppt werden, und wenn schon, war die Verschleppung vielleicht einmal beweisbares Unrecht.

Jürgen wunderte sich, dass er von keinem der Russen als Reifendieb erkannt wurde. Das verdankte er der sowjetischen Praxis, Kommandos sporadisch, aber aus Kalkül, ständig auszuwechseln.

Acht Tage waren vergangen, da wurde im Morgengrauen der ganze Keller mit Gebrüll geweckt und unter Schlägen und Püffen mit den Gewehrkolben rannten circa 25 bis 30 Mann zu dem bereitstehenden gedeckten LKW. Jürgen, als Jüngster, erklomm die Plattform mit einem Seitwärts-Sprung, der schmerzhaft war, weil seine Hände auf dem Rücken gefesselt waren. Er sicherte sich den Platz hinter dem Fahrerhaus rechts in Fahrtrichtung. Er wollte auf alle Fälle fliehen. Immer wieder sagte er sich in Gedanken: »Ich muss türmen, Juri braucht mich, ich muss fort, ich will nicht irgendwo sterben. Ich muss durchbrennen«. Die Fahrt ging aus der Stadt heraus nach Süden. Er hatte seine Hände beharrlich ziehend und windend frei bekommen. Dann half er zwei älteren Nachbarn, die Fesseln aus grobem Hanf-Strick zu lösen. Sie arbeiteten so vorsichtig, dass die beiden hinten an der Ladeklappe sitzenden Posten nichts merken konnten. Übrigens waren diese Soldaten ja auch chronisch müde.

Ganz vorsichtig, mit Unterbrechungen so verzögert, dass der Transport schon auf der Höhe von Guben an der Neiße war, löste er eine Schlaufe der Plane. Etwa 30 Kilometer waren zurückgelegt.

Der Nebenmann flüsterte: »Wir helfen dir«.

Der Lkw fuhr streckenweise sehr langsam, denn die Straßen waren alle stark beschädigt.

Jürgen erweiterte mit dem Finger ein kleines Loch in der Segeltuch-Plane so weit, dass man mit einem Auge hinaus schauen konnte. Sieh da, hier war das günstige Gelände. Jürgen wandte sich zwischen der Holzplanke und der Plane hindurch, suchte mit den Füßen Halt an der Ladebordwand, fand ihn vielleicht zehn Millimeter breit und stieß sich seitwärts ab. Er landete nach einer Rolle vorwärts mit den Beinen im Straßengraben, der wegen ausgefallener Pflege in den letzten Jahren nicht nur dicht bewachsen, sondern auch halb voll Wasser war.

»Sprung auf, vorwärts Marsch«, hatte er so oft gehört und geübt, dass er schon eine ansehnliche Strecke im Feld zurück gelegt hatte, ehe der LKW hielt und zwei Soldaten auf ihn schossen. Wie eingebläut vom Ausbilder beim Jungvolk, schmiss er sich hin, robbte im hohen Unkraut fünf Meter nach links oder nach rechts, sprang auf, rannte im Zickzack, ließ sich wieder fallen, robbte… und so weiter, bis eine starke Detonation die Luft erschütterte. Es wurde nicht mehr auf ihn geschossen. Er hörte einen Menschen überlaut schreien. Schon deckte ihn der Waldrand und er schaute zurück. Er sah, dass ein Mensch auf eine Trage gelegt und auf den LKW geschoben wurde. Die Soldaten trieben Gefangene, die abgesprungen waren, wieder zum Aufsitzen. Der LKW fuhr an und war bald verschwunden.

Einer der Mitgefangenen war offenbar dem Beispiel Jürgens gefolgt und geriet auf eine Mine. Jürgen sah auf seiner Seite des Feldes jetzt ein Warnschild mit der kyrillischen Aufschrift »Minen« und dem tellerförmigen Symbol für eine Mine. Bei seiner spontanen Flucht konnte er dort drüben kein solches Schild gesehen haben, weil die Abstände zwischen zwei Warnhinweisen zu groß gewesen waren. Die Soldaten hatten ihn nicht verfolgt weil sie die Gefahr erkannten oder schon von ihr wussten.

Was, wenn er einfach in einer Linie gerannt, oder statt ins Zick ins Zack getreten hätte?

Niemand wüsste heute von ihm.

Er lief in den Wald, nicht nur um sich zu verbergen, sondern um alles zu essen, was sich überhaupt hinunterwürgen ließ. Er hatte seit fünf Tagen nichts gegessen. Er aß Beeren, zarte Gräser und Baumrinde. Um frische abzulösen, fehlte ihm sein Messer. Aber dann schlug er die Rinde mit einem Stein ab.

In der Nähe eines Dorfes Hoffnung schöpfend, hörte er russische Laute. Also schleunigst zurück! Da, ein Bach; er trank das Wasser gierig. Der Wald lichtete sich. Am Rande in Richtung Osten stieß er auf eine alte deutsche Stellung. Auf einem flachen Hügel gelegen, bot sich ihm aus dem Schützengraben Sicht. Und auch ein Unterstand war da, so dass er einigermaßen trocken schlafen konnte. Er hatte aber nur seine zerschlissene leichte Kleidung, keine Decke. Dafür tröstete ihn der Fund eines Kochgeschirres, eines Taschenmessers und eines Bajonetts. Damit ließen sich Kartoffeln ausgraben, die von noch vorhandenen hohlen schwarzen Knollen-Mumien des Vorjahres abstammten. Auch Runkelrüben fand er einige. Ob er Feuer machen dürfe, erprobte er am anderen Tag jeweils zwei hundert Meter links und rechts seiner Stellung und beobachtete lange, ob sich daraufhin jemand näherte. Im Dunkeln würde er natürlich kein Feuer unterhalten. Übrigens misslangen alle Versuche, mit dem Bajonett und einem Stein Funken zu schlagen, die trockenes Moos oder Stofffetzen oder trockenes Gras entzünden sollten. Da fand er eine deutsche Feld-Taschenlampe, die von der auslaufenden Säure der Batterie schon angefressen war. Die starke Linse diente ab sofort als Brennglas, falls die Sonne schien. Nun briet er seine Kartoffeln und dünne Scheiben der Rüben an einem Stock. Einmal kochte er die Feldfrüchte in seinem Kochgeschirr. Aber das schmeckte furchtbar. Dass Holzasche mit Mineralien angereichert ist und daher salzig schmeckt, wusste er von seiner Ausbildung her. So verfügte er sogar über ein »Gewürz«.

Er verbrachte viel Zeit damit, die Gegend zu erkunden. Nach einigen Tagen war er überzeugt, dass man nicht nach ihm suchte. Doch das Dorf mied er trotzdem.

Abmarsch nach Norden, war seine Parole. An einer Wegscheide stand das Schild **Bärenklau**.

Vorsichtig das Gelände nutzend, ging er eigentlich nur auf Feld- und Waldwegen. Und so bestand seine Nahrung aus dem, was Wald und Feld hergaben. Er wusch sogar in einem Bächlein Regenwürmer, um sie schnell mit geschlossenen

Augen zu verschlucken. Er wusste um die Bedeutung von Eiweiß. Jüngere Ahornrinde, Blätter von Löwenzahn, Pfifferlinge und Brombeeren, alles roh, sorgten für »flotten« Stoffwechsel und satt war er nie. Nachts oder in den frühen Morgenstunden hörte er oft Schüsse. Die Russen brauchten ebenfalls Eiweiß, und so schossen sie das wenige Wild, das nach den Kämpfen übrig geblieben war.

Einmal fand er eine Scheune, in der ein Auto, ohne Räder aufgebockt, zum Schlafen einlud.

Schlafen konnte er eigentlich immer und überall. Aber manchmal fürchtete er sich davor, denn ihn plagte ein Traum. Wiederkehrend sah er sich darin an einer zerstörten Brücke stehen und drüben stand die Mutter. Das Wasser strömte stark und er konnte nicht zu ihr. Große Wehmut erfasste ihn dann und manchmal erwachte er aus diesem Traum. Er fühlte sich aber nicht erleichtert im Erwachen, weil die Sehnsucht nach der Mutter auch da so groß war.

Zwischen seiner Flucht und der Ankunft in Frankfurt vergingen bei ständiger Pirsch 9 Tage. Er watete sogar durch kleine Flüsse und Fließe abseits der Brücken oder was davon übrig war, damit ihn niemand sah.

»Ich fühlte mich trotz der Not-Ernährung gut. Jedenfalls besser als jetzt mit Achtzig. Mein ganzes Trachten bestand darin, den kleinen Juri wiederzufinden. Ich fühlte mich verantwortlich, denn ich hatte ihn doch bei mir aufgenommen.«

Diese Worte Fritschs rührten mich. »Bei mir aufgenommen«, ohne einen Bezug zu einem Ort im Sinne von sicherer Bleibe, konnte doch nur bedeuten, dass er den fremden Jungen mit dem Herzen aufgenommenen hatte. Die Formulierung spricht von tätiger Nächstenliebe, die dem geschundenen jungen Menschen aus dem intakten Inneren kam. Da war sie, die wahre Ehre, die ihn denken und handeln ließ.

Wieder in seiner Stadt, schlich er vorsichtig durch die Trümmer und verbarg sich sofort, wenn er eine sowjetische Streife sah oder hörte.

Mit einigen bei den heimkehrenden Russen am Güterbahnhof erbettelten Nahrungsmitteln brachte er zwei Tage suchend zu.

Der Leichen-Keller war von den Russen beräumt worden und nun von größeren Jugendlichen besetzt, die ihn rüde vertrieben.

Wiedersehen Haarpflege und warme Sachen

Pickel, der Anführer und Schlägerkalle, der vielleicht doch nicht ganz das war, was sein Spitzname verkünden sollte, hatten sich um Juri gekümmert. Sie hatten auch einen anderen Keller gefunden, wo man sogar ohne Leichengeruch hausen konnte. Nur Betten besaßen sie nicht mehr. Abgeschabte Decken mit Desinfektions-Geruch hatten sie von heimreisenden Rotarmisten am Güterbahnhof bekommen.

Orgie sagte eines Tages, er würde sich einem Manne anschließen, der in mit nach Polen nehmen wolle. Über die Behelfsbrücke in Frankfurt könne keiner gehen, weil da drüben Chaos herrsche und oft geschossen würde. Sie wollten sich weiter südlich nach Schlesien wenden. Mit knappem Handschlag verabschiedete er sich.

Memme war klammheimlich irgendwohin verschwunden.

So waren sie ohne Jürgen, den Langen noch sechs. Aber was für ein Jubel, als der Siebte urplötzlich vor ihnen stand. Der Juri rannte auf ihn los, sprang hoch und klammerte sich an seinen Hals, wie ein Äffchen, küsste ihn. Und beide weinten aneinander gedrückt über das Glück des Wiedersehens und wohl auch über ihr Unglück.

Ihren »neuen« Keller mussten die Jungen bald verlassen, weil in der Innenstadt das große Aufräumen begann. Frauen standen an groben Holzböcken und schlugen Putz und Mauermörtel von den Ziegelsteinen, damit sie für den Neuaufbau verwendet werden konnten. In einer Gartenlaube mit Fäkaliengrube hatten sie seit langem wieder einmal ein »Örtchen« und sogar die Wasserversorgung klappte schon oder noch. Jedoch, die Eigentümer erschienen und jagten die Bande weg. Im Nachbargarten hatten sie einen älteren Mann kennengelernt. Der sah sie kopfschüttelnd an und rief über den Zaun: »Jungs, ihr seht ja alle aus wie die Luden. So könnt ihr doch nicht rumlaufen. Alles antreten zum Haareschneiden, zack, zack«! Heute waren erst einmal vier von ihnen dran, die anderen sollten morgen wieder zu dem alten Friseur kommen.

Manne schaute den frisierten schwarzhaarigen Kleinen an und rief: »Schnieke«! Sie gingen auch nach dem Rauswurf alle paar Wochen zum »Friseur« und gaben ihm etwas von ihrer Beute. Unverblümt hatte der Mann auch gesagt, dass sie stinken würden. Sie wussten das bereits und suchten immer Gelegenheit zum Waschen und zum Wäschewaschen. Er half ihnen, allerdings nur hinter zwei Säcken an der Hinterseite der Laube und selbstverständlich nur mit kaltem Wasser und einem Stück eisenharter Kernseife.

Sie schliefen in einer kaputten Fabrik. Ein trockenes Versteck für Decken, Rucksäcke, das Seil und einige andere Utensilien, darunter Handgranaten zum Fischen, fanden sie dort auch. Den Rucksack hatte Jürgen außerhalb des Kellers versteckt gehabt. Samt Ring und Uhr der Mutter und dem Brustbeutel mit dem Geld fand er ihn unversehrt wieder.

Ihre Streifzüge nach Essbarem waren ausgedehnt. Kein Bauerngarten, kein Schrebergarten, kein Bäcker-Hinterhof war vor ihnen sicher. Ein Bauer vertrieb sie mit der Peitsche. Sein Köter war zu alt für eine Verfolgung. Dem »Flurschutz«, einer organisierten Truppe von meist älteren Männern lauschten sie die Zeiten der Streifen auf den Feldern ab. Um die Mittagszeit, fanden sie heraus, war es leichter, Feldfrüchte zu klauen.

Dann entdeckten sie eine neue Methode zum »Essenserwerb«. Sie lockten Besitzer und Bewohner allein stehender Häuser mit bösen oder vorgetäuschten Manövern, Geschubse und wildem Gebrüll an die Straße, so dass ein anderer Teil der Bande von hinten in die Häuser eindringen konnte, um Küchen und Keller zu berauben. Über gelungene Unternehmungen dieser Art lachten sie sich manche von ihnen scheckig.

Andere Suchexpeditionen unternahmen sie in den Trümmern nach Textilien. Sie fanden Wäsche, die sie in der Oder wuschen und zum Trocknen aufhängten. Aus Laken schnitten sie sich Fußlappen. Doch wenn sie an den bevorstehenden Winter dachten, die älteren von ihnen dachten daran, dann merkten sie, dass für jeden warme Kleidung und wärmere, feste Schuhe fehlten. Der Dicke erzählte eines Tages heimlich dem Jürgen, er habe auf dem Schwarzen Markt wiederholt eine Frau beobachtet, welche jeweils ein Paar Schuhe und zwei drei Kleidungsstücke verkaufe. Er sei ihr gefolgt und nun wisse er, wer das sei. Es sei die Frau des Heizers vom Krankenhaus. »Alles klar; da müssen wir hin«, erklärte Jürgen bündig. Den anderen wollten sie die Sache erst erzählen, wenn sie Erfolg gehabt oder alles dazu ausbaldowert hätten.

Nun galt es, die konkreten Arbeitszeiten des Heizers heraus zu finden. Dazu beobachteten sie dessen Aktivitäten über den Tag hinweg. Als sie wussten, wann sie die Heizungsräumlichkeiten besuchen konnten, fackelten sie nicht lange. Sie kalkulierten, der Heizer bewahre die Sachen Verstorbener im Heizhaus auf, weil er dann immer behaupten könnte, sie würden jetzt mit verbrannt. Richtig, etwas im Hintergrund des schwarz bestäubten warmen Kesselhauses stand ein Lattenregal, mit einer schmutzigen Decke verhängt. Gebrauchte Schuhe verschiedener Art und Größen standen dort aufgereiht. Daneben ein geordneter Berg mit Kleidungsstücken.

Jürgen griff zuerst nach Schuhen und Sachen, die dem Juri passen könnten. In einen Herren-Wintermantel warfen sie alles, was für sie interessant war und schnürten ein Bündel. Ein weiteres packten sie unbekümmert auch noch. Sie witzelten über den dunkelgesichtigen Heizer, der jetzt wohl gerade auf seinem Kanapee schnarchte und furzte. Mit je einem Bündel auf dem Rücken verdrückten sie sich in den wüsten Bereich des Areals, der früher ein Garten gewesen war. Niemand hatte sie zur Mittgaszeit bemerkt. Und der Dicke ging mit dem geschulterten Bündel keinen Schritt zu schnell.

Der Junge war so abgebrüht, dass er sich Tage danach im Gelände des Krankenhauses bewegte, um mit einer Schwester ins Gespräch zu kommen. Es gelang ihm. Nun verfügten sie über einen Topf Salbe gegen Krätze.

Die Schwester erzählte dem Dicken von Kindern, die jetzt, wo die kalte Jahreszeit beginne, fiebrig würden, schlecht schlucken könnten und bellenden Husten hätten. Sie bekämen auch dicke Hälse. Das nenne man Diphtherie. Wenn er so etwas beobachte, müsse er oder sein Freund sofort zum Krankenhaus kommen. Der Dicke sagte darauf zu jedem, der einmal hustete: »Fass mich bloß nicht an, wegbleiben, nicht anstecken«.

Für Pickel war diese Nachricht wichtig. Er beobachtete seine Leute aufmerksam. Aber er duldete keine Wehleidigkeit.

Auch war er lange der Meinung, dass ein deutscher Junge nicht weinen dürfe. Dieses nazi-ideologische Gebot vergaß er jedoch bald, zwangsläufig, ohne dass er sich dagegen wehren konnte.

Ein Unbekannter

Jürgen und Juri streiften in der nasskalten Ruinenstadt umher. Das Essen war wieder einmal knapp. Da geschah etwas, wie es sich vielleicht Charles Dickens hätte ausdenken können.

An diesem Tag mit zeitiger Dämmerung war ihr Weg zum Güterbahnhof vergebens gewesen, denn es fand kein Rücktransport sowjetischer Truppen statt. Niemand konnte ihnen etwas zum Essen geben.

Beide Jungen hatten nur noch einen Wunsch: Ab in den Unterschlupf, eng zusammenrücken, Decken über den Kopf ziehen und schlafen. Jürgen zog dem Kleinen die Strick-Mütze über die Ohren. Sie liefen, so schnell Juri konnte Da kam ihnen ein Mann mit schlurfendem Schritt entgegen. Er trug eine graue Landsermütze und einen schlotternden alten Militärmantel. Juri löste sich von Jürgen und sagte mit seinem hübschen Akzent:»Gutten Tak Herr, Herr, wir haben

Hung-ger.« Den Mann schüttelte eine große Erregung. Ein Schluchzen konnte er nicht unterdrücken. Er ließ sich auf die Knie fallen und zog den Kleinen fest an sich, stand auf, um auch den langen Jürgen zu drücken, kniete wieder, winkte beide zu sich heran. »Jaja, ihr kriegt was, wartet.« Aber erst einmal wollte er die Nähe der Kinder spüren. Er wischte Augen und Nase und sein Kummer schüttelte ihn. Beklommen schauten sich die Kinder an. Ohne zu wissen, was den fremden Mann bedrückte, fühlten sie sich ihm in ihrer Kümmernis verbunden.

Es musste heraus. Der Mann war heute im Heimkehrer-Lager Gronenfelde/Frankfurt aus sowjetischer Kriegsgefangenschaft entlassen worden. Als Frankfurter hatte er schnell erfahren, dass seine Familie, die Frau und zwei Kinder, umgekommen waren. Und nun schüttete er vor diesen, ihm fremden Kindern seinen ersten Schmerz aus. Juri verstand inzwischen so viel Deutsch, dass er in etwa wusste, worum es ging.

Die drei suchten in den Haustrümmern, fanden Reste eines Schranks und bald brannte ein kleines Feuer in der geschützten Mauerecke. Der Mann, wir müssen ihn so bezeichnen, weil er seinen Namen nicht gesagt hat, suchte aus seinen tiefen Manteltaschen und dem grauen Tragebeutel hervor, was zum Essen da war. Büchsenfleisch und Brot genossen die Jungen schmatzend und zufrieden schnaufend. Aus der Feldflasche gab es einen Schluck Tee, dem etwas Scharfes beigemischt war, Der Mann strich über ihre Köpfe und sein Gesichtsausdruck, in dem sich große Trauer und kleine Freude mischten, prägte sich dem Jürgen ein.

Der Mann erzählte von seinem Glück mit der Familie, verfluchte den Krieg und den, der ihn gemacht hatte. »Hat alles keinen Sinn mehr...«, sagte er und stockte. Er konnte den Kindern doch nicht sagen, dass auch ihre Existenz keinen Sinn habe. Sie hätten es übrigens nicht geglaubt. Ihr Lebenswille war erprobt.

Plötzlich griff der Mann in eine Tasche und drückte dem Jürgen ein Bündel Geld, Alliiertengeld, 3) in die Hand. »Warum geben sie mir so viel Geld?« - »Ich brauche es nicht mehr«, sagte der Mann. Einige Scheine entglitten den kalten Fingern Jürgens, Juri sammelte alles flink ein und reichte es dem Manne hin. Der Fremde hatte jetzt einen starren Blick und winkte abwehrend mit der Hand, sich zum Gehen wendend. Jürgen, das Kind, spürte, dass der Mann, so verzweifelt wie er war, keinen Ausweg mehr sah. Er dachte, er müsse jetzt etwas sagen, was dessen Unglück gleich kam, damit er nicht denken sollte, ihn allein träfe es so hart. Alles Geld steckte er in die Manteltasche des Mannes, sprach von seinem eigenen Schicksal und erklärte das Wenige, was er von

Juri wusste. Jürgen hatte vor einiger Zeit von Juri das Wort »Lagger« gehört. Da dachte er, dass der Kleine seine Eltern höchstwahrscheinlich nie mehr wieder sehen würde.

Jürgen forderte den Kleinen auf, etwas zu sagen, irgendetwas und immer noch etwas! Der Mann sagte, es wäre Rumänisch, was der Kleine spräche. Da dämmerte dem Juri etwas, und freudig hüpfend rief er:»Ja, Romania, ich Romania…« Aber der Mann konnte selbst nicht Rumänisch sprechen, er kannte es nur vom Hören her. Er sagte zu Jürgen:»Ich weiß, Junge, du willst mich trösten, bist ein guter Kerl. Aber, wie auch immer, ich muss jetzt weiter«.

Nach dem zweiten Schritt stockte er, setzte sich wieder und sagte, er müsse doch noch etwas loswerden:»Kommt her und hört gut zu«. Seinem Vater habe jemand in wirtschaftlich schwerer Zeit und in der Krankheit finanziell geholfen. Der Wohltäter habe verlangt, das Geld als Geschenk anzunehmen mit dem Versprechen, dass der Beschenkte jemand anderem in dessen Not ebenso einmal beisteht. Sein Vater, sagte der Mann, habe so gehandelt und von dem Glücksgefühl gesprochen, welches er empfunden habe, als er einem Menschen helfen konnte. So wolle er, der Mann, es nun auch machen.»Hier, nimm dieses Geld und sieh zu, dass ihr beide etwas davon habt«, sagte er eindringlich zu Jürgen.»Und wenn du später jemanden triffst, dem es dreckig geht, wirst du daran denken und einspringen, wenn du kannst.«

Einen Teil Geld behielt der Mann und flüsterte bei der Umarmung zum Abschied in Jürgens Ohr:»Ich mache weiter, ganz bestimmt. Ich dank' dir auch«. Damit lief er in die Dunkelheit.

Es war die Dunkelheit des Heiligen Abend in einer unbeleuchteten, durch den Krieg zerstörten Stadt. Die Zwei gingen schneller und bald befanden sie sich in ihrer Höhle. Jürgen dachte:»Wir haben doch tatsächlich Bescherung gehabt«.

Juri verstand das Wort *Weihnacht* nicht. Aber als Jürgen eine Kerze entzündete und mit dem Bleistiftstummel einen Tannenbaum mit Kerzen, dazu einen Engel auf den Rand einer PRAWDA malte, nickte Juri zustimmend.»Ja, ja, gut, Sarbatori vesele!« Er wiederholte die Worte so oft, dass Jürgen sie sich merken konnte. Und der sagte mehrmals:»Fröhliche Weihnachten…« Juri nickte ernst.

Der Schein der Kerze flimmerte auf einmal stärker, weil man mit wässrigen Augen nicht klar sehen kann.

Von dem Geld aus der Tasche seiner Mutter und dem Alliiertengeld gab Jürgen nach und nach für die ganze Gruppe einiges aus. Vor allem in der Löwen-Apotheke in der Forststraße. Denn ganz ohne Schrammen und Erkältungen ging es bei den Jungen nicht ab. Auch Furunkel, die von schlechtem Essen herstammten, mussten mit Teersalbe behandelt werden. Aber eines Tages überfielen ihn zwei Jugendliche, die er nicht kannte, und raubten ihm seinen Brustbeutel. Das Haus mit der Apotheke stand inmitten von Trümmern fast unversehrt. Dort mussten sie ihn beobachtet haben.

»Wir sind die eigentlichen Verlierer des Krieges gewesen. Ohne Eltern, ohne ein Zuhause, ohne irgendwen, der uns versorgte, uns beschützte. Wie lange musste es dauern, bis sich ein soziales Gewissen regen konnte in all dem Elend, in all den Trümmern, in all dem Mangel!

Es gab ein Heim. Aber das war überfüllt. Pickel war dort gewesen und abgehauen. Allein, mit uns war es besser, fand er.

Ich bin einmal mit Juri in ein Dorf gewandert und traf dort auf den Ortsvorsteher. Ich sagte, wir suchten als Waisen jemanden, der uns aufnimmt. Ich würde dafür arbeiten. - Sie hätten hier schon genug von unserer Sorte, war die Auskunft.«

Das sagte Fritsch einmal beiläufig.

Musik macht's möglich

Januar 1946. Knackig kalt war es. Jürgen und Juri prüften,
ob die Tür der Georgenkirche offen wäre. Sie war offen. Sie
schafften es, auf den Turm zu steigen. Dort schoss Jürgen
mit einem selbst gebauten Katapult auf Tauben. Der starke
schwarze Gummi stammte aus einem Autoschlauch. Mit
Geduld und dank der Einfalt der Tierchen, die immer zu-
rückkamen, erbeuteten die Jungen in einer Stunde fünf
Stück. Der kleine Juri drehte sich schon nicht mehr weg,
wenn Jürgen die Köpfe abriss und die Tauben ausbluten ließ.
Wer essen will, muss das aushalten. Dann wanderten sie in
dem großen kalten Kirchenbau umher und stiegen beim Ein-
gang eine Treppe hinauf. Sie standen auf der Orgelempore.
Juri zeigte auf den Kruzifixus über dem Altar und sagte »Je-
sus«. Jürgen konnte dazu weiter nichts als »jaja« sagen. Juri
setzte sich auf die Orgelbank und schob den Deckel des
Manuals hoch. Er sprang wieder herunter, nahm den Jürgen
bei der Hand und fand zielsicher die kleine Tür zum Blase-
balg. Er war viel zu kurz und zu leicht, um richtig vorführen
zu können, was er von Jürgen wollte. Aber der verstand und
schnell hatte er heraus, wie er sein Gewicht abwechselnd auf

die zwei Trittbretter des Blasebalges verlagern musste. Die Orgel hatte »Wind« und der zarte Rumänen-Junge spielte *»Oh Donna Clara, ich hab dich tanzen gesehn…«,* und immer wieder spielte er es. In seinem Repertoire gab es auch volkstümliche Melodien mit dem rhythmischen Reiz und der ganz eigenen Melodik osteuropäischer Musik. Zuerst hatte das einstimmige Spiel dünn geklungen. Das Pedal erreichte der Junge mit den Füßen nicht. Aber nach und nach probierte er verschiedene Register aus und rief dem Jürgen zu: »Hoppa, hoppa, weiter!« Bis dem spacken Jürgen die Puste ausging. Da wurde unten im Kirchenraum unter der großen Kuppel lebhaft applaudiert und eine Gruppe sowjetischer Soldaten wollte den Spieler sehen. Aber Juri ragte nicht weit über die Brüstung hinaus und Jürgen musste ihn hoch heben. Die Russen staunten nicht schlecht und Juri musste noch einmal *Donna Clara* spielen.

Kurz und gut, Jürgen schilderte den Männern seine Misere und die seines kleinen Freundes. Er zeigte die Jagdbeute in dem Beutel. Die Russen sahen sich an und schwiegen. Auf einmal beschrieb ein junger Offizier dem Jürgen genau, wie und wann er zur Kaserne kommen sollte, zusammen mit dem »malenki Spezialist«.

Jürgen sinnierte darüber, aus welcher Familie der Kleine wohl stammte, die ihm Klavierunterricht und sicher auch ein eigenes Instrument bieten konnte. Und sogar an die Orgel musste der Unterricht gehabt haben.

Noch am selben Abend waren die beiden zur Stelle und sie bekamen so viel Essbares, dass sie mit den anderen Jungen ihrer Bande teilen konnten. Aber das größte und nachhaltige Ergebnis war, dass der junge Offizier sie beide einlud, in der Kaserne zu überwintern.

Von Januar bis Ende März war nun die rote Kaserne, neben der gelben, in der Hindenburgstraße ihr Zuhause. Das heißt, sie durften sich in einem genau bestimmten Bereich um die Küche und die Vorratsräume bewegen. Satt sein, gut schlafen, warm und trocken Tag und Nacht verbringen zu können, das war wie im Paradies. Dafür fetteten und putzten sie fleißig Stiefel. Einige Offiziere besaßen so weiche Stiefel mit flachen Absätzen, dass sie angezogen wie Lederstrümpfe wirkten. Die brachten sie auf Hochglanz. Sie halfen beim Kartoffelschälen und spülten Geschirr, welches schon einmal herunterfallen durfte, denn es war aus Blech. Sie lernten wie von selbst Russisch und russische Lieder singen.

Auch Botengänge erledigte der pfiffige Jürgen. Darunter solche, bei denen Zettel zu Frauen gebracht werden mussten und abends waren die Damen abzupassen, damit die Posten vor der Kaserne umgangen werden konnten. Bei solchen

Gelegenheiten zog Jürgen oft etwas Brot unter seiner Kleidung hervor, wenn der Dicke an einer Ecke lauerte.

Die Russen hatten einen Heidenspaß, wenn der kleine Juri zu ihrer Harmonika und dem Gesang alter Volkslieder tanzte. Er hatte ihnen viele Tanzschritte und Figuren abgeguckt. Putzig sah es aus, aber auch staunenswert, wenn er den Tanz-Solisten gab. Da kam es im Überschwang schon vor, dass die Jungen am Wodka nippen mussten. Die Wirkung zu beobachten, war wieder ein Hauptspaß für das militärische Publikum.

Nichts währet ewig. Die Einheit wurde an einen anderen Ort zwischen Berlin und Wladiwostok abkommandiert, und der neue Kommandeur akzeptierte keine Kinder in seinem Reich, deutsche schon gar nicht.

Das Schlimmste

Der Frühling 1946 war da. Aber wie soll man jubilieren, wenn ständig der Hunger nagt? Und in der Trümmerwüste war es unbedeutend, ob irgendwo ein zerzauster Kirschbaum blühte und ein paar überjährige Narzissen oder Tulpen sich zeigten. In Schrebergärten und sogar auf öffentlichen Grünflächen gruben, säten, steckten und harkten die Leute, um für Essen zu sorgen, nicht für Blumen.

Am Ufer der Oder verspürten die Jungen eine Ahnung von der besonderen Jahreszeit. Sie lagen im Gras und genossen die Sonne.

Dann war es Zeit zum Fischen. Wo Pickel das Fischernetz her hatte, sagte er nicht, organisiert eben. Das Stell-Netz mit alten Korkstücken versehen wurde ein kurzes Stück flussabwärts ausgelegt, das mussten Manne und Schlägerkalle erledigen. Schlägerkalle legte sich gleich dort nieder und Manne kam zur Gruppe zurück. Die Sprengung stand bevor. Pickel, der Dicke, Manne und Jürgen legten ihre Hosen ab, um schnell ins Wasser waten zu können. Sie gingen ein Stück abseits in Deckung. Jürgen hatte noch zu beobachten, ob jemand käme oder in der Nähe wäre. Dem Juri schärfte er ein, dass er genau hier auf dem extra ausgesuchten Fleck bleiben solle, und wenn jemand käme, solle er den »Kuckuck« machen.

Wie der Kleine an eine scharfe Handgranate gekommen war, wie er es mit seinen schwachen Kräften geschafft hatte, den Bügel zur Zündung hoch zu ziehen, blieb allen im Nachhinein ein Rätsel.

Er lag da und sie mochten nicht hinschauen.

Die Jungen weinten alle, auch Pickel. Jürgen heulte laut vor Schmerz und Wut, dass niemand auf den Kleinen aufgepasst hatte. Aber alle waren doch ernsthaft beschäftigt gewesen. Sie machten sich gegenseitig keine Vorwürfe. Flink zugreifend und unbedacht hatte Juri nun endlich einmal so ein Ding anschauen wollen und zwischen den Zweifeln, ob alles richtig war, ist ihm die Zeit zerronnen.

Ich fragte Fritsch, was sie mit dem Leichnam des Jungen gemacht hätten. »*Wir haben beraten, wo wir ihn ohne Aufsehen begraben sollten; das wussten wir nicht. Da haben wir zwei Decken geholt, den Körper darin eingeschnürt und in die Oder geschoben. Gebete kannte keiner von uns und welcher Junge hätte dort Worte finden sollen? Wir haben gesehen, wie das Bündel langsam vom Strom erfasst und weg getrieben wurde.*«

Er machte eine Pause. »*Ja, und da sind wir in einer Reihe an-*
getreten und haben unseren Kameraden militärisch gegrüßt.
Ja, und dabei heulten wir Rotz und Wasser.«

Lösungen

Pickel hatte den Jungen das Leben im Heim so dargestellt,
dass sie sich fürchteten, wenn sie einmal von einem Erwachsenen angesprochen wurden. Schule, seit Oktober/ Novem-
ber 1945 gab es die, war für sie verbunden mit der Einwei-
sung in ein Heim, weil sie doch keine Eltern und keine Wohnung hatten. Sie gingen selten in der Gruppe, um nicht auf-
zufallen. Sie achteten darauf, nicht zu zerlumpt auszusehen.
Sie konnten schnell in den Trümmern verschwinden, und
niemand verfolgte sie.

Die Jungen hatten nach und nach im und auf dem
Schwarzen Markt Aufgaben gefunden. Kinder wurden nie
von den sowjetischen Militärstreifen aufgegriffen. Es reichte,
den Platz, also die Dresdner Straße, Ecke Karlstraße auf die
Schnelle zu verlassen. Nur Erwachsenen rannten die Soldaten hinterher. Wohl eher, um ihnen abzunehmen, was sie
selber gut gebrauchen konnten. Aber Razzien geschahen
sporadisch und nicht einmal oft. Erste deutsche Polizisten

zeigten sich. Aber schnell wurde bekannt, dass unter diesen Leuten großes Interesse an der Verbesserung der eigenen Lage bestand. Ein Witz vermeldete, dass die Polizei neue Uniformen bekäme, nämlich »in Mausgrau mit eingebautem Rucksack«.

Jürgen wurde Zuträger bei den Schiebern, Vermittler von Geschäften, Transporteur. Gebrauchte Autoteile und Reifen waren einträglich. Wenn er sah, dass jemand etwas Kleines anzubieten hatte, fragte er leise: »Gold, Silber«? War das der Fall, führte er die Person zu einem, der sich darauf spezialisiert hatte. Der muss mit der Zeit einen ansehnlichen Schatz angehäuft haben. Sein Sohn eröffnete Jahre später in einer anderen Stadt ein Juweliergeschäft. Alles erwarb der Schieber gegen Brot, Speck, Rauchfleisch, Butter, Graupen und Kartoffeln, was er zum Teil von weit her bei den Bauern gegen Teppiche, Sensen, Sicheln, Werkzeuge, Kerzen, Textilien aus Wehrmachtsbeständen, Sicherheits- und Nähnadeln, also, einem gängigen Spruch gemäß, gegen »Furz und Feuerstein« eintauschte.

Faul war solch ein Bursche nicht.

Weil er wusste, wo in der Stadt und im Umland Autowracks von Freund und Feind lagen, bot Jürgen sein Wissen einem Manne an. Sehr zeitig schon hatte der von der Besatzungsmacht eine Konzession für ein Speditionsgeschäft er-

halten. Es darf angenommen werden, dass es der Goldsamm-
ler war. Jochen wollte nicht nur Essen und Geld. Für einige
Wochen nahm ihn der Mann in einer Kammer seines Spedi-
tionshofes auf und kleidete ihn sogar ein. Und vor allem
wurde der Junge mit den langen Seiten beköstigt.

Die Methode des Spediteurs war, aus drei kaputten Autos ein
ganzes zu schrauben und zu schweißen.

Bohnenkaffee und Tabak war das Spezialgebiet des Dicken. Seine Provision bestand aus Teilen der vermittelten
Mengen, die er weiter verkaufte oder gegen etwas Gutes eintauschte.

Die Jungen zogen Handwagen von da nach dort, beladen
mit Lumpen, unter denen Kartoffeln, Getreide und andere
nützliche Sachen lagen, die gar nicht auf dem Markte auf-
tauchten. Sie waren Vermittler und Transporteure zugleich.
Die sachlichen Gegenwerte lieferten sie treu an die jeweilige
Adresse.

Bei einer solchen Dienstleistung schwitzte Jürgen mit bloßem
Oberkörper an der Deichsel. Da stand er plötzlich neben
einem noch nie gesehen Automobil. Es war riesengroß und
weil der PKW ein Militärfahrzeug war, olivgrün lackiert. Und
da schauten doch ganz andere Soldaten heraus, die ihn heran
winkten. Es war eine von den Westalliierten gestellte Militär-
inspektion. Englisch kannte Jürgen nicht. Daher kam kein

Gespräch zustande. Die Amerikaner zeigten auf seine Rippen und meinten, er solle mehr essen. Damit er sich kleiden könne, schenkten sie ihm ein Khaki-Hemd mit Brusttaschen und Schulterklappen. Und dann bekam er noch ein Päckchen Kaugummi, ein paar Tafeln Schokolade und eine Stange *Lucky Strike.* Das war ein Schatz. Eine solche Zigarette kostete einzeln zu der Zeit 7 bis 12 Reichsmark, je nach Marktlage. - Der *Buick* blubberte davon.

Manche Leute, die Schuhe, Kleidung, Möbel, Einrichtungsgegenstände und Hausrat, sogar Gemälde und Skulpturen eintauschen wollten, wandten sich an die Jungen, die wussten, wo die Schieber im Hintergrund warteten.

Es ging den Jungen jetzt besser. Sie trennten sich und jeder ging seine eigenen Wege. Pickel, der Dicke, Schlägerkalle, und Jürgen machten aus dem Abschied nichts Aufregendes. Sie waren Schicksalsgenossen, hatten so viel miteinander erlebt, kannten sich so gut, da konnten Worte nur stören. »Mach's gut!« Ab und zu sahen sie sich ja auch noch. Nur Manne war in einem Güterwagen »mit dem Zug nach Berlin gefahren«. War er angekommen? - Pickel, jetzt 16, wurde mit einer jungen Frau gesehen.

Jürgen hauste bei dem Spediteur bis zum Tag der Tage, der auch auf dem Schwarzen Markt begann.

Der große Junge schaute den Mann an und der ihn, etwas ungläubig noch, dann lagen sie sich lange lachend und weinend in den Armen, Vater und Sohn.

Sie besuchten das Grab der Mutter. Das Laub der Birke raschelte zu ihrem leisen Wimmern. Wie gut, dass sie ihre Trauer jetzt teilen konnten.

Sie bekamen eine Behelfs-Wohnung, holten die bei Kutzkes untergestellten Sachen vom Boden, beschafften Hausrat, denn ihr alter Besitz war verschwunden.

Richard Fritsch zog einen angemeldeten Handel auf. „Technische Bedarfsartikel Öle und technische Fette" malte er eigenhändig auf das hölzerne Firmenschild. Jürgen durfte ab September 1946 wieder zur Schule. Nach der Entlassung aus der achten Klasse lernte er im Geschäft des Vaters Kaufmann.

Richard war ein guter Vater. Er heiratete wieder und die Stiefmutter nahm den Jürgen an. Der Vater erzählte in der Familie nur Lustiges und Deftiges aus der Militärzeit und Jürgen erzählte nichts von seinen traumatischen Erlebnissen. Erstens wollte das niemand hören. Zweitens war es schwer, dafür die Worte zu finden, seit ihm bewusst geworden war, wie gefährlich für Leib und Leben, auch für die Seele, seine Zeit als Straßenkind gewesen ist.

»Ich empfinde das bis heute als die längste Zeit in meinem Leben«, sagte Hans-Jürgen Fritsch zu mir.

Die erlebten Krisen modelte sein Naturell in Streben nach dem Guten und Nützlichen um. Dabei half ihm, was ihm in der Familie eingepflanzt worden war. Gut tat ihm, dass er Zuneigung und Liebe erfuhr, dass er Sicherheit spürte.

Aus Jürgen wurde nacheinander ein Kaufmann, ein Stahlkocher, ein Student der Ingenieurwissenschaften, ein diplomierter und flexibler Macher in der Wirtschaft. Noch im vorgerückten Alter eignete er sich Wissen über Informatik an. Wissensdurst und Lust am Lernen hat er wahrscheinlich noch heute.

Ilse Fritschs sterbliche Überreste fanden im Jahre 1965 eine würdigere Ruhestätte.
Ihr lebendiges Bild begleitete den Sohn lebenslang.

Den mir freundschaftlich verbundenen Autoren
Heinrich Keim und Erhard Zschage
danke ich für sachdienliche Hinweise.

Mitteilung

Hans-Jürgen Fritsch ist am 13.August 2013 vormittags über eine Brücke gegangen. Die Waldschlösschenbrücke war es nicht. Das erste vorläufige Manuskript zu diesem Buch, auf welches er so gespannt war, hat er nicht mehr lesen können. Die Eröffnung des Bauwerks am 24. August 2013, und die Veröffentlichung der Erzählung von seinem Kampf als Straßenkind hat er nicht mehr erlebt. Weil er eine seltene Krankheit hatte, stellte er bereits zu Lebzeiten seinen Körper der Wissenschaft zur Verfügung.

Konsequenter kann der Mensch kaum sein.

Für Nachfragen zu Einzelheiten, die sich erst im Prozess des Schreibens ergaben, wie zum Beispiel genauere Zeit- und Ortsangaben, oder mehr über Personen, stand er mir leider nicht mehr zur Verfügung.

Dafür half mir das Stadtarchiv Frankfurt-Oder dankenswerter Weise mit einigen Fakten.

Die Stadt hatte 1939 über 83 000 Einwohner, von denen nur wenige hundert in der »Festung« blieben.

Ende Mai 1945 waren 12 000, meist entwurzelte, Menschen in der zerstörten Stadt und erst im Oktober 1946 registrierte man über die Anmeldungen zum Bezug der Lebensmittelkarten 40 000 Einwohner.

So erklärt sich vielleicht, wie die Kinder der „Bande" sich über ein Jahr lang in den ausgedünnten Arealen verbergen und entziehen konnten.

Quellen

1) s. Morsch/Reckendrees Hrsg.

„Befreiung Sachsenhausen 1945" Edition Hentrich)

2) s. Wikipedia >Seelower Höhen <

3) s. Wikipedia >Alliiertengeld < Von den West-Alliierten und von der Sowjetunion gedruckt gegen die Reichsmark, auch „Besatzungsgeld".

4) Recherche-Auskünfte des Stadtarchivs Frankfurt(Oder)

Notizen des Hans-Jürgen Fritsch